天　真
美如诗

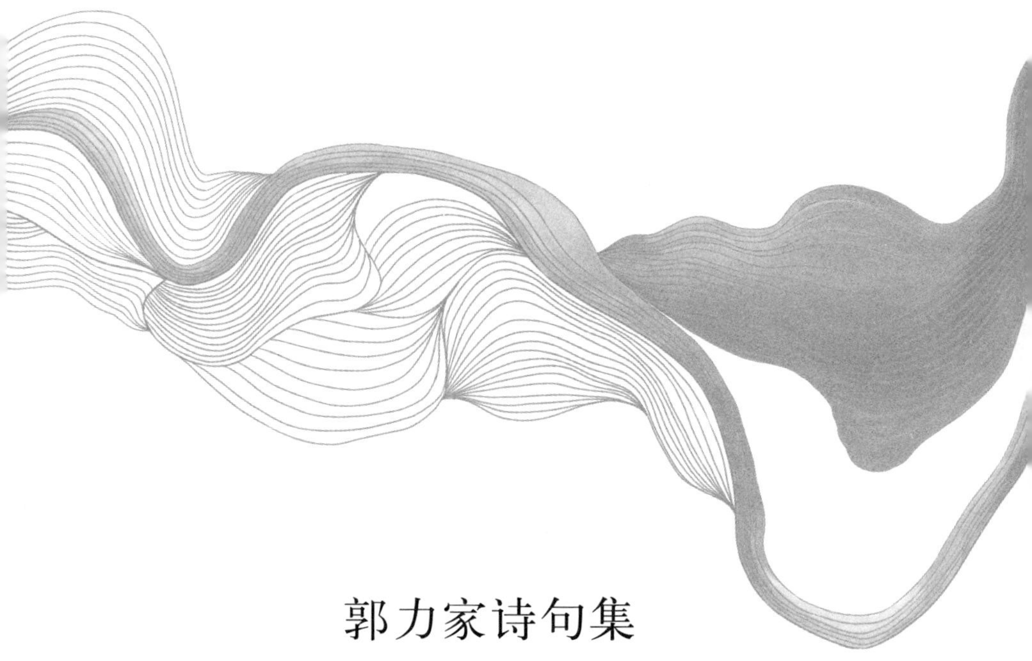

郭力家诗句集

郭力家 | 著

李文杰 李贺来 阿甘 | 编选

时代文艺出版社

图书在版编目（CIP）数据

天真美如诗：郭力家诗句集 / 郭力家著；李文杰，李贺来，阿甘编选
—长春：时代文艺出版社，2019.5（2019.8重印）

ISBN 978-7-5387-5449-0

I. ①天… II. ①郭… ②李… ③李… ④阿… III. ①诗集－中国－当代 IV. ①I227

中国版本图书馆CIP数据核字（2018）第114671号

出品人 陈 琛
产品总监 郭力家
责任编辑 刘 兮
书名题字 景喜猷
内文插图 袁 丫
装帧设计 李 斌
陈 阳
排版制作 毛倩雯

天真美如诗——郭力家诗句集

郭力家 | 著 李文杰 李贺来 阿甘 | 编选

出版发行 / 时代文艺出版社
地址 / 长春市净月高新技术产业开发区生态大街与福祉大路交会西行200米
出版集团A座15楼 时代文艺出版社 邮编 / 130000
总编办 / 0431-81629751 发行部 / 0431-81629755 北京开发部 / 010-63108163
官方微博 / weibo.com / tlapress 天猫旗舰店 / sdwycbsgf.tmall.com
印刷 / 长春第二新华印刷有限责任公司
开本 / 710mm × 1000mm 1 / 16 字数 / 215千字 印张 / 20.75
版次 / 2019年5月第1版 印次 / 2019年8月第2次印刷 定价 / 58.00元

图书如有印装错误 请寄回印厂调换

代序一

与诗相伴

纪　洋

初见郭力家，是在时代文艺出版社的总编室，小屋被阳光照耀得很温暖。郭力家逆光而坐，虽然看不清他的表情，但是能分明地感受到那样一种异乎于常人的诗人的气质。交谈之后，我仿佛知道了，他是以一种怎样的姿态和方式生活着。

郭力家，1959年末出生在长春，父母都是湖南人。“东北的孩子心中有一个南方的故乡”，他这样介绍自己。这种南北的差异和归属感的不确定，使他自小常常敏感——我是“哪伙儿”？内心的深处，总有一种声音想要呐喊，有想要物以身聚、人以心同的朦胧冲动。逐渐地，他终于找到了最适合他自己的表达方式，那就是写诗。那种凝练而含蓄，似乎带着某种禅意的语言，能够恰如其分地抒发他的情感、他的思想和他火热的激情。他愿意把写诗当成一种习惯，把诗歌当作一位朋友。写诗不是为了出书，不是为了出名，而是实现自己与自己心灵的对话。诗写完了，话也说完了，别人去不去读、喜不喜欢，都与他无关，他就是希望自己一辈子与诗为伴。

以诗言志。提起郭力家，很多人会想起这样的诗句：“特种兵只有一个念头 / 到对手的身后去用 / 匕首捅响生命的最后一道门铃……我是士兵里的特种兵 / 肌肉隆起的每一块化石里 / 都有我童年的梦大大方方 / 裂着开裆裤 / 有小巷树丛阴影下少女闭上眼睛 / 交出的爱情……”这是他看完电影《第一滴血》的有感而发，当年看完这部电影，郭力家对人性的基本生存逻辑产生了思考，创作出激发人们情感、触动人们灵魂的《特种兵》。“我说汉子 / 你别一哭就像条狗”“第一滴血 / 第一滴血母亲就让我发觉 / 自己的哭声也是一个英雄”一度成为人们摘抄与传诵的佳句。1987 年，郭力家参加了第七届青春诗会，同年诗歌《再度孤独》《探监》《准现实主义》在《诗刊》上发表，他成为吉林诗坛卓有成就的代表诗人之一。直到今天，依旧有很多人向他表达对《特种兵》的喜爱，他说：“也许是内心最原始的共鸣才让诗歌有了更长的生命力吧。”

以诗交友。郭力家的朋友很多，真正走进内心的却很少，而能够走进内心的朋友，都或多或少与诗歌有着关系。最令郭力家回味无穷的是他大学毕业后的那段日子，他经常与几位热爱诗歌的朋友在一起钻研诗歌，他写的诗大家会一起讨论、研究。有时候，他写的某一首诗没得到好朋友的认可，朋友会当面批评、指正。郭力家当时很不服气，可回家想想之后却觉得很有意思。他说：“那个时代的我们都很纯真，很浪漫，对诗歌充满了极大的热情。有时候下班第一件事就是他的创作形式自成一家，力图表现人的主观心灵，在语音、词汇、句法、书写层面全方位表达“陌生化”的文学追求，以“陌生化”形式“诗意地栖居”在人间。下面我们以卞之琳主编的，1999年作家出版社出版的《中华人民共和国五十年文学名作文库新诗卷》里的郭氏诗歌为语料，进行探讨。

一、“陌生化”的语音

诗歌不仅是有阅读功能，还有吟诵功能，诗歌语言是具有音乐特质的艺术。诗歌的音乐特质主要表现在节奏和韵律上。正因为有了节奏，诗歌才会强弱有度，抑扬顿挫；正是因为有了韵律，诗歌才会朗朗上口，产生动人的乐感和美感。在郭力家的诗歌中，语音“陌生化”的主要方式有省略、特异发音、重音变化等。他采用这种“陌生化”形式的目的，也是为了节奏和押韵，力图收到非同寻常的语音和语义作用。例如：

特种兵
特种兵生来就是一场冲突
特种兵生来就是节奏以外的节奏
特特
特种兵特种兵
兵兵

这里的“节奏以外的节奏”“特特”“兵兵”都在语音和语

义上可听可诵，加强了摇曳的语义效果，律动明显。

二、“陌生化”的词汇

日常生活用语和一般性书面语都要求一目了然，而诗歌语言与科学语言不同，诗歌语言是艺术语言。诗歌中词汇的“陌生化”是指诗人在诗歌的遣词用字上打破规范语言固有的规范。郭力家为了实现特殊的文学目的，力图对词语进行超常规的运用，这种词汇的“陌生化”主要表现在“陌生化”的意象创造、词性变异、语词组合上。

“陌生化”的意象创造

读郭力家的诗，扑面而来的就是他原创的特异意象，这些意象或长或短，意味悠远，意同象异，各异其趣。而他专有的界定定义，顽强地冲击着读者的身心。不仅将作者的难抒之情、难言之理得以代抒代言，同时具有取象而避的作用，令人唏嘘感叹。例如：

村上春树废话说
世上存在着不能流泪的悲哀
汉语老家如是道
只有过来人
才敏锐发觉谁的青春供水不足

这里的“汉语”指的是“中国人”，而“老家”则是夫子自道。

我的天空
反复收获着丰乳肥臀的白云
而我是人心的特种部队
我是士兵里的特种兵

这里的“特种兵”指的是诗人对自己人生定位的期许。

“陌生化”的词性变异

在诗歌语言中，为了增强词语的内涵、增强诗意，郭力家常对词汇性质进行变异处理，从而达到凝练的艺术效果。在他的诗歌中，词汇词性的“陌生化”主要表现为词性的千变万化。经他进行词类转换后的词往往被赋予了全新的意义，令人耳目一新，引发了读者别样的想象，具有化腐朽为神奇的作用。

清明办点清明事
放牧春天
俺替逝者种棵树
面朝小树
双手合诗
我上了回帝

一棵窗外的树
静出了光芒万丈
天安的门
比人生的人
还是厉害
儿童节也没节出去
悲欣交集

这里“清明事”“天安的门”“人生的人”将其中的名词形容词化，“上了回帝”“儿童节也没节出去”中将名词动词化。

互联网了汉语什么
互联网了诗意什么
互联网了儿女什么
互联网了以后什么
互联网了碎片什么
互联网了生活什么
互联网了生死什么
……

这里“互联网了”是名词动词化。

“陌生化”的语词组合

诗歌用词的变异性无疑是各种文体中最大的，它用变异的词语来准确地表达客观世界和人们对客观世界的真实感情和特定心态。无论是词性变异还是语词的超常组合，一方面增加了语词和语义的内在张力，另一方面也能够使读者在鉴赏他的诗歌的过程中，浮想联翩，千回百转，乐趣多多。郭力家在诗歌创作中，有意对语言打破常规，不拘一格，力图把逻辑上风马牛不相及的甚至是完全对立的词语组合在一起，以发挥特定的“陌生化”作用。例如：

不到大理
不知道什么叫人生诗短
来日太多
从善如树
上善若风
对我当歌
恩典几何

这里的“人生诗短”分明就是“人生苦短”，“来日太多”是“来日苦多”，“从善如树”就是“从善如流”，“上善若风”就是“上善若水”，“对我当歌”就是“对酒当歌”，“恩典几何”就是“人生几何”的“陌生化”组合。

三、“陌生化”的句法

郭力家在创作中出于格律的需要，往往别出心裁，刻意违背正常的句法规则，从而造成语序颠倒、句子成分删减及名词意象并列等违背句法规则等现象，亦即句法“陌生化”。

“陌生化”的语序颠倒

郭力家为强调某种情思或根据分行、押韵、节奏的需要，往往天马行空地调整语序，将语序有意倒装。而他倒装后的语序往往反而更符合汉语诗歌的节奏与韵律，内容上更加情真意切，读起来更具有节奏感和流动美，形式上更加赏心悦目。例如：

我活下去
用你的鲜血
我写下字
用你转身散漫的缕缕天香

这里的常规语序应该是：“用你的鲜血 / 我活下去 / 用你转身散漫的缕缕天香 / 我写下字。”

“陌生化”的成分删减

郭力家为了达到高度的简约与凝练，往往把日常语言中不可省略的成分省略掉，使诗句语言凝练简约，显得更紧凑精准，抑扬顿挫，朗朗上口。他力图删减的形式很多，有主语、谓语、状语、介词或者关联词。删减后，诗句显得凝练简约，对意义的传达没有任何负面阻滞，语句更加诗情画意。相比之下，如果硬性添加的话，句子反而显得画蛇添足，味同嚼蜡，毫无情致。他以这种删减手法，以诗歌尺幅之间“螺蛳壳里做道场”的功夫，引发了读者海阔天空的联想。例如：

雪上雪下
安静的房子
不动的白桦
私语的行人

这里“雪上雪下”后面省略了谓语“有”。

“陌生化”的名词意象并列

一般来讲，一个完整的句子需要有名词和动词。而在郭力家的一些诗歌中，却仅仅有名词构成的原创意象并列，打破了常规的句子构成原则。这些纯意象组合的诗句，在词与词、句与句之间几乎没有任何中介有序排列组合，使得诗歌的内涵更加含蓄隽永，那样的跌宕起伏，一箭双雕，避免叙事般的平铺直叙，令人喜出望外。

羔羊和汉语水深火热之前
我种下了一棵树苗

国策国梦化

诗意职业化

是一个对付当下汉语部落的好办法

这里的“羔羊和汉语”“国梦国策”“汉语部落”写的都是郭氏意象的直接而纯粹的组合。

四、“陌生化”的书写

除却音乐美之外，诗歌还具有建筑美或者造型美。而书写变异是实现建筑美或者造型美的主要手段，书写的“陌生化”主要是排列形式的“陌生化”。郭力家力图借超常规或反常规的排列组合来表现常规语言手段无法表达出来的内涵和外延，诗歌常规中本无特殊含义的符号排列形式那错落有致的组合，成为诗歌意义系统不可或缺的自身复合体，从而消弭了意义与形式之间的不可通约力，加深了读者的审美愉悦。

你放心

你也逃不到哪儿去

中华民族一直在人性的刀锋上孤单行走

汉语救不了汉语

上帝弃管你多年了

从神为天

天天向真

一生一世
羔羊不已
且悯且修行
我去
阿门

这首诗的形状是一个钝角三角形。

我也是一个喜欢写诗的人
白天还种了几棵树
晚上了自己在想
出不出书呢
纠结中

这首诗的形状是一个锐角三角形。

八月
孙女告诉我
活着是值得的
活着的爷爷可以给孙子当马骑
孙子开心了可以给爷爷指点神迹

这首诗的形状是一个直角三角形。

可以说，郭力家的诗歌表现形式与他力图表现的诗歌主题是相辅相成的，他诗歌的“陌生化”形式，以“超文本的形式表现诗歌文本的某些因素或对本身无力表示的意义，对读者直观地提供暗示，诗歌的视觉形式获得了独立的特殊意义”。他移情于景，存心于物，凝神于形，寓意于象，郭力家的诗歌形式因而赢得了宝贵的独立意义。

换句话说，从这个层面上而言，郭力家做到了“形式大于内容”，尽管我们在这里无意于探讨他诗作的主题，尽管他有更为博大的主题内容令世人回味。

（《内蒙古工业大学学报（社会科学版）》2016年01期）

代序三

第一滴血：冒充的英雄和本真的自我

唐晓渡

毫无疑问，郭力家属于那种气质型的诗人，当然这并不意味着可以把他的诗归结于他的气质。如果我愿意，我可以指出他的诗归结于他的气质。如果我愿意，我可以指出他的素质与传奇中的关东汉子或草莽英雄的血缘联系；然而我更想强调的是他作为现代中国的个人通过诗所做的选择与追求。

并不是任何时候都可以谈论所谓“个人的选择与追求”的。事实上，在过往的大多岁月中，这一点不是显得微不足道，就是从根本上缺少可能，即便在今天，也不能说已为大多数人所明确意识，更谈不上诉诸行为实践了。在诗歌乃至整个文学领域内所司空见惯的那种大轰大嗡，群起效尤，东奔西突地趋炎附势的风气下，正是缺少着这种能力。

但情势毕竟已经有了很大改观。在所谓“朦胧诗”造成的巨大冲击已经平息下来之后已经不难看出，其独特的魅力正在于它率先开始了当代诗歌的个人化历程。而对于继起的一代诗人——我不是在一般意义上指为眼下人们所津津乐道的所谓

“第二次浪潮”或“第三代诗人”，而是指其中为数不多的优秀分子——来说，“个人化”已历史地成为他们的现实起点。

我意味着对“自我”的再一次发现，意味着“自我意识”的再一次高扬。在这种发现和高扬中，不是抽象的“人”的观念，抽象的人的尊严、价值等等，而是现实的个人——他的真实境遇，他的历史命运，他基于其生命的一次性体验而对这些做出的种种反应和对待等等，将成为诗所关注的核心。正如我们所看到的，诗走向“个人化”，从一开始就具有社会学和美学的双重含义。现代意义上“个人”的新生和传统意义上“群体”的瓦解，也许构成了我们这一时代最重要的精神事件。在现实中如此，在审美中亦复如此。

诚然，“个人化”给诗带来了新的危险。诗有可能再次沦为工具。当然不是政治和社会的工具，而是个人的工具。事实上，个人化对于现代诗，至少对西文现代诗，从来就不是一个褒词，但我们宁可不要抽象地讨论这一命题。说到底，诗并不存在于“人”的彼岸，而就存在于他现实的精神历程之中。中国现代诗人把“个人化”作为一个无可超越的精神发展环节而加以普遍认同，与西方现代诗人将其作为一个浪漫主义的浅薄口号加以普遍抛弃，也许同样出于必然。关于这一点我们在此不可能说得过多，至少可以把“个人化”认作中国现代诗发展的一个阶段和基本动力。它不可避免地会导致混乱和虚妄，导致鱼龙混杂和泥沙俱下，但新的可能性亦即蕴含其中。在它的饱和点上，也只有在它的饱和点上，如今正在被人们所热情谈论的“多元化”才不再是一种一厢情愿的向往，而是一种无可更移的事实，不再是一个更多地致力于自我维护的诗歌运动，而是一个获具了整体再生能力的诗歌格局。我不知道还要走多远才能达到所谓的饱和点，但我确信我们正在走向它。

在这样一个总体背景下，再回过头来看郭力家的诗，就会发现比那表面的英雄气质多得多的东西，反过来，也就不难理解，为什么在所谓“反英雄”被认为是现代诗歌的一大特征，或者说一大时尚的情况下，他却殚精竭虑地致力于某种英雄，这一点并不重要，重要的是他不能接受“世无英雄”这一贫血黯淡的现实：

宁愿天下推动纷纷泥土
受不了地上没有铁骨英雄
(《远东男子》)

在另一首诗中他又不无悲怆地问道：

是否岁月寂寞如风
人就不敢冒充英雄
(《第三色块·致刘索拉》)

因此“应该告诫所有告诫者：每一份虚荣心都有理由冒充一回英雄”(《特种兵郭力家宣言》)。至于应该由郭力家还是别的人来执行这种“冒充”，是把这种“冒充”诉诸现实还是诉诸诗，那只仅仅事关个人的选择。而冒充就是选择。

尽管进行了事先道破的自我调侃，我们仍然可以感觉到这里所多多少少具有的荒诞意味，你可以选择一切——诸如职业、信仰、商品、女朋友什么的，包括选择是不是当一个诗人——但就是不能选择英雄，即使冒充的英雄也罢。事实上，几乎所有的英雄，包括那些冒牌的英雄，与其说是选择的结果，不如说是被选择的结果。然而这样一来，我们所感到的荒诞也就和个人的素质无关，而仅仅是个人与社会及时代处于某种无可奈何的游离关系的确证。在这种关系中，个人被迫做出非此即彼的选择，包括对自身英雄冲动的选择。他当然不会因为这种选择就真的成了英雄，却可能将其证明为某种英雄式的选择。

作为人类最原始也是最古老的冲动之一，英雄的欲望是普遍存在的（我们可以在童年经验中深刻体验到这一点）；成为英雄的可能性也永远不会消失，问题只是在于，你所被抛入的那个社会和时代是否需要和接受你所理想的那种英雄，以及是否为此提供了必要的条件？或者换句话说，你所理想的那种英雄是否为你所置身其中的社会与时代所需要，你是否适合它为它所需要和接受的英雄所提供的必要条件？当我这样提出问题时，我肯定不是在鼓吹宿命论，即便是那些已然的英雄也往往不能逃脱这一法则的支配。我们所熟悉的拿破仑、丘吉尔和巴顿都是很好的例子。而这种欲望在非常的历史条件下，就成为普通人所一再经历的精神事件。这意味着绝大多数人始终只是生活在他的英雄梦想之外，而且越是在现代条件下就越如此。工业文明最大的特点就是整一化和标准化。它要求个人真正成为它这部机器上的齿轮和螺丝钉。它几乎是不动声色，冷酷无情地一再提醒人类注意这一点。而当这为现代理性在反思中越来越深地把握到以后，英雄的追求就变成了英雄的衰落。

对现代人来说，对本真的自我的寻求更为重要。但这绝不是说他们已经消失了英雄的冲动；恰恰相反，这两个方面有时是不可分割地联系在一起的，即如乔伊斯笔下的尤利西斯这种对人类英雄梦想的无情嘲讽，不也同时浸透了浓重的伤悼情绪吗？另一方面，在诸如海明威笔下的桑提亚哥身上，对本真自我的追求和对英雄的追求并行不悖，桑提亚哥一再梦见那只狮子，表明海明威对人类英雄梦想的高度尊重。它同样是本真的。然而需要指出的是，海明威式的英雄与传统的英雄相比已经发生了某种根本的变化。它不再建立在英雄业绩的实现之上（诸如赫拉克利特的十二件大事、拿破仑的征服欧洲，或者梁山的好汉们“替天行道”等等），而是建立在英雄人格的完成之上。“人生来总不是为了被打败。”海明威的这句话相当典型地体现了这种新的英雄观，桑提亚哥从海上拖回来的只是一副鱼的骨架。可以说他作为英雄不是经由鱼的获得，而是经由鱼的丧失来体现的。他唯一的收获是他的人格。这样的英雄从一开始就染上一种悲壮乃至悲凉的色彩，然而却可能被证明是现代条件下真正的英雄。

当郭力家决定在诗中冒充一下英雄时，他似乎是在故意无视乔伊斯式的英雄反讽，而试图接近海明威式的英雄境界。当然这种说法是相当外在的，既没有涉及问题的实质，也不足以成为价值标准。我不过是想借此表明，郭力家复活英雄的企图绝不是那种单纯的少年意气，那种或多或少麻木不仁的热血冲动，而是建立在对自身处境有着深刻了解的基础上的。显而易见，苦难深重的体验提供了这一切的背景：

远东男子站起身就是一棵千年铁树
习惯了
以微笑轻嘘致命的酸楚
（《远东男子》）

这里打动我们的与其是那“微笑”着的“轻嘘”，不如说是深藏其下的“致命的酸楚”。“千年铁树”这一意象的蕴含是双重的，既指向蔑视命运的主体应对（这时我们更多地注意到它的音义），又指向沉重冰凉的命运本身（这时我们更多地注意到它的本义），而后者的分量显然恰恰深化了那“致命的酸楚”，它不仅使我们想起站立前的匍匐，而且通过紧接的“千年铁树”，提示出站起后的两难处境，还有什么比站着而又不能开花更令人尴尬和沉痛呢（既然铁树千年开一次花）？

因此，郭力家的英雄追求注定是一首悲歌而非一首颂歌，注定是种灵魂的流浪而非一种灵魂的归宿。这一点甚至在出生前就已经是不言而喻的了：

我活着以前
就是一句无字的箴言泪滴成血
血溅成河
（《我们再也用不着说什么》）

这种命运被事先安排的预感已为“朦胧诗”以来的青年诗人所反复吟咏，其中蕴含着中国现代诗独特的经验和情感深度；另一方面，并非是郭力家率先以某种英雄方式对此做出应对。他的独到之处仅仅在于，他突出表现了一个孤独的个人在做出这种应对时的种种心态。我们不知道江河宣告“在英雄倒下的地方 / 我站起来 / 歌唱”时，心中是否足够饱满充实，但他毕竟愿意意识到他背后站着的人民，毕竟愿意“从我今天的历史开始 / 从亿万个死去的活着的普通人的愿望开始 / 从诞生前就通过我激动地呼出的名字开始”。而这一切在郭力家是不存在的。既然在他看来，“我的历史比我还要弱不禁风”，他事实上就已抛弃了它；而当他强调他“玩了一会儿就和世界吵翻了 / 和人生一定也不和睦”时，他又几乎是断然否认了从现实人生中汲取力量的可能。母亲、爱情和友谊于此是不多的例外。他在这些方面所一再注以的深情使我们反复感受到他内心的炽热和纯真。但即便在这里，不也留下了他作为孤独的个人的投影吗？“我一生下来妈妈就老了 / 妈妈你白发飞扬如骤”，这一佯谬的象征表现并非仅仅是在对母亲的不幸表以同情，它同时深藏着一段无以言传的少年悲哀；“走出童话就觉得／没有路了／弱水三千流尽了我／亘古冤情”也绝不只是对远东女子载沉载浮的历史命运的一般提示，它同时成为“远东男子”漂泊无助的环境证明：“叹一口气天就黑了／黑夜深深能不能载动我一叶流浪的孤舟。”（《远东男子》）

同样的语意句式在《远东女子》中被再一次使用。但“一叶流浪的孤舟”被改写成“一叶离我而去的孤舟”。我们看到的是一种对称的孤独。

已经很难说得清，究竟是这种孤独使现代生活中的人格因素大大突出了，还是由于人格因素的突出导致了孤独的现代生活。无论如何，此情此景之下，“你除了干涸自己的哭声／就是以右手征服遗世孤独”。新的英雄追求就是这样产生的。支撑他的不再是崇高的社会理想，不再是建功立业的雄图大志，而是对孤独个人的无条件承担和勇猛征服。而且他是孤独地进行这种承担和征服的！毫不奇怪，在这种致命的自我相关中，他除了一件漏风的旧衣衫及其包裹下的赤诚肝胆外别无所恃，除了在“从容人生”中达到某种人格的完成外别无所获。与苦难命运相应的是双重的贫困。这就足以消失了一切明晰的既定目标，或者说，使其变得微不足道了：“风衣弄掉了所有的纽扣路上我的胸口就是方向。”（《上路》）

在与厄运的较量中，郭力家似乎是本能地选择了兰博式的“特种兵”作为自己的形象，尽管有更多的理由证明，他和后者一样，是在被迫地扮演一个有违初衷的角色。不管怎么说，通过这一选择他流出了自己的第一滴血。而只要这血还在流，他就有足够的力量自信地宣称：

特种兵只有一个念头
到对手的身后去用
匕首捅响生命的最后一道门铃
（《特种兵》）

但这种选择所具有的英雄性质及其魅力也只到此为止。事实上他的诗中更能打动我们的并不是那种充满英雄气概的自诩或自励，而是那些被无名的悲哀所深深浸透的自伤。诸如：

为什么，为什么我的呼声我的哭声悄然落地
全成了
夜深深忍不住让星星纷纷陨落
（《我们再也用不着说什么》）

打开窗口
我的滚滚热泪
流
也不说为了什么
（《相思》）

这里有另一个郭力家。他与前一个郭力家互为表里，却令人觉得更接近本真状态。

然而，只有当我们透过“铁血军士”那既慷慨悲烈又倜傥风流的生命节奏，而发现那个强烈恐惧着，并竭力反抗着自身迟暮的郭力家时，我们才真正为之震撼。不无讽刺意味的是，这种迟暮感在他的诗中是通过反复指明早就到了“这样的时候”而无意识地流露出来的。无论所谓“这样的时候”是指“宁愿天下失去纷纷泥土／受不了地上没有铁骨英雄”，是指“把梦还给传统／把脆弱交给母亲／干干净净”，是指“宁愿请求牺牲／也不愿看到又一个夜空下边／泥土上的一切都在重复”，还是指“我们早就是／下一个世纪的人”，我们都可以认出那种被掩盖了的同一的内在焦灼。它与前面所分析的那种义无反顾的英雄追求成了郭力家诗中最致命的悖谬，从而使我们更深地意识到在他身上潜藏的命运冲突。《老水手》中那老水手在桅杆倾斜的刹那间“猛然站起来／他要站立着接纳一次大海惩罚”，然而，他除了站立起来（这使我们又一次想到那棵“千年铁树”），又做了些什么，又能够做些什么呢？这一点与桑提亚哥历经苦难而终于驾船回到港湾，正形成了鲜明的对照，却与江河的一句同样有感于英雄迟暮而令人思绪万端的诗恰成呼应：

上路的那天他已经老了否则他不会去追赶太阳
青春就是太阳
（《太阳和它的反光·夸父》）

我不认为郭力家诗中的这种冲突是什么缺陷。恰恰相反，是一种更深刻的本真提示，尽管它同样不为作者所自觉。相比之下，类似“扔出我的双臂 / 石碑也龟裂得血水倒流”“何况我年幼得如火如荼”或者“所有女子 / 都他妈藏到我们身后去”，就不免显得过于外在和注重表面效果，甚至有点儿矫揉造作。在所有的这些场合，郭力家都表明他的英雄追求还更多地停留于某种个人气质，而未能达到真正的人格高度。因为后者较之前者具有远为深厚博大而又深藏不露的性质。其区别有如涌和浪。涌抛弃了浪那种表面的喧嚣，却显示出是一种被从更深处发动起来，更富于整体悲剧的力。它同样永远不能登上陆地，却能造成更剧烈的冲击和震撼。

这正是郭力家的矛盾所在。在创作谈中他声言他自己较之诗“更自然优美”，并表示“随时准备从写诗这档子活儿中退役以便活得安全”，我相信这并非完全是故作惊人的戏语。事实上他的诗只是他自我实现的不得已的方式而已（在另一场合，他将其称为一幢人生的避难所）。他总是试图使自己凌驾于诗之上并使后者服从于他。他诗中的个人形象确实也比他的诗本身更令人印象深刻。他竭力追求诗句“震碎人心”的效果，为此他付出了缺少整体结构和一再自我重复的代价。有关这些我希望能有机会在一个更为广泛的范围内论及。因为我注意到，中国的精神现实似乎使人与诗一直处于某种复杂微妙，有时甚至也是两难的关系中。为了成全一方，另一方就必定要付出某种牺牲。其结果却又每每有违初衷。在“个人化”成为一种风尚时尤其如此。而对于郭力家本人，我只想在遥遥致意的同时表达某种微不足道的祈愿，祈愿命运的纽带能将他与诗联结得更紧密些。也许最后他终将发现，诗是他精神孤独的浪迹生涯中唯一可靠的伴侣，比他更是英雄，并且肯定不是冒充的英雄。他既然已经为此流出了第一滴血，那么这血就注定要流下去。

（《唐晓渡诗学论集》中国社会科学出版社 2001 年版）

目　录

第一辑　上善若你

1

高人的标准——

满朝代废话

你活得一句废话也没有

牛人的尺度——

遍人群往垃圾方向蜂起狂奔

你从容若针

2

我被一步一步拉上了岸

又冻得一寸一寸靠向了你

3

凡是有人类喘气的地方

你就像阳光一样盲目思想

4

连怀疑都值得怀疑的时刻

你无法选择

5

你的武器与生俱来

就是一大堆来路不明的笑声

再加上一把没有中心思想的笑容

6

你一剑

超越了我一生的聪明程度

7

我们共同的滚滚财富

你一夜之间悄悄放手

我醒来的时候

我的孤独已经富得流油

8

说深刻就深刻，你对今生不选就择

说彻底就彻底，你对死去一笑到底

9

这个秋天有意让你看不清她的脸

像高高的墙看不懂一双双没有自由的手

10

以后俺天天跳大神吧

争取把你最圆的那颗泪珠儿

跳个怀春不已

11

活着你就再好点儿

脾气就再小点儿

想法就再阳光点儿

说话就再轻快点儿

走路就再多走点儿

12

炫耀绝望的最好方式

是彻底觉悟

像你似的

风还没来

人先飘逝

13

人，见一面就老了

诗，写出来就过时了

14

一直想把你抱大了得了

要是低头能捡个来生用用

15

悲心养志

泉水生花

你是个什么东西
能让人这么上瘾

16

冰刃彻骨也不回头
远东男子
远东男子站起身就是一棵千年铁树
习惯了
以微笑轻嘘致命的酸楚

17

社会风气跟我的爱好越来越配套
秋天给我出了这么好的主意
换位倾听

18

相信你的灵魂不容沙子
相信沙子不会和你的眼睛
发生什么事情

19

走过那些没有你的山路
就是走路的意义
检验往事的唯一标准
就是看我今天舒不舒服

人，见一面就老了
诗，写出来就过时了

别碰我，魂儿疼！

20

给你有爹娘不见得你感恩得了

给你上好的情谊不是让你任性着作妖

21

坟里的眼睛怎么说

——当眼泪流下了

才知道

你现在的哭

解决不了我脚上的痛

22

善于旧梦换新颜

我一直想送你一个大红双喜的洗脸盆子

结果没送成

23

一个人在梦境中走得如此之诗意深深

他不知自己是何天何地

当他醒来之感恩就是饮泣

24

你要对冬天这样讲

审判你的年代不如审判你的以往

你要对冬天这样想

蔑视不幸的时刻不如蔑视你的心肠

25

诗意面前人人是你

你是人人

26

我总在走向你的路上丢了路

鲜花插上你身上的时候

眼睛就会发现哪儿有牛屁屁

让夜晚说你夜

让诗意说你诗

27

活着，不是问题

不活着，更不是问题

你难在所有日子都是好奇而又不是自己的日子

28

你就是我的一个疏忽

不经意间让你得逞了

29

有一种一目了然

笑尽了往事

随意一瞥

就从头到脚光复你瘦瘦的童年

30

你的任性一路色彩斑斓

你的斑斓早就逼死了你的末路

你的末路反复救活了你的今天

31

谁是你的青梅竹马

一辈子骑头瘸驴怎能追上孔雀南飞

谁是你的风流债主

一辈子卖儿卖女去要回断顿的口粮

32

暗抚如瓷青春的每一寸沧桑

一笑转身

33

你太鬼了

一个年代根本就不够你用

34

面朝大海

我们随行就市吧

春暖花开

我们入乡随神吧

35

眼看着你用我的胃口活得古色古香

幸福的泪水没事儿就迎风飘荡

要是你没用错我的心情多好

要是你没用错我的眼光多好

要是你还像你童年的愿望那样活着多好

要是你还跟你静静地看着窗外那样看着眼前的一切多好

——别碰我

魂儿疼

36

加上你

生活对我的疼爱就更全面了

37

话一直在离开话

你一直在离开你

38

眼睛要能不随着心思走

眼睛会活得挺幸福

39

你替你多少顺流而下的往事

说你的话

你借多少不变的草木油画

说你的话

你用多少墓地青云扶摇直上

一行泪下

40

你个专门撇向人间都是怨的小畜生

——连天都懒得看的时候可以看我

你的话含含糊糊的

——连梦都懒得做的时候可以梦我

41

不惦记你我找不着像样的事儿干

不做梦我很容易饿得没头没脑的

42

木棉花红

欲语还雨

上帝颁布的颜色

不是一个人可以变来变去的

43

春天没你想象的那么高尚
鸟语花香着梦里梦外的
除了清账
就是记账

44

我日复一日幼稚我
好让很多成熟的庄稼
离我十万八千里

45

春草又上长河湾
你看他开心他就开心了
这阳光明媚的
谁敢忧伤

46

能把我当饭你就吃了吧
能把我当雪你就下了吧

47

没想过吧
秋天以后怎么秋
灿烂以后怎么办

48

你的一生我只借一晚

你的阳光我只用一天

那我也喜欢春天

喜欢你偏爱误读我眼底和表情的杨柳轻盈

49

感谢你

人前笑语纷飞

人后泪流满面

一张脸活出整个儿的白天和夜晚

50

抱着你哭比干别的得劲儿

想着你笑比搂着人儿舒服

51

让市场市场去吧

反正你也没啥钱

让人间人间着吧

正好你这一回也没打算永远

52

穷不穷

看你今生谁在疼

富不富

看你时间谁在用

53

褪尽旖旎

断情的是梦还是病

鸩酒一点

劫世不复

你总会遇上你的诅咒

54

无往不你

君临莲开

知不知道

又能怎地

55

想不累

就不依不饶地坚挺你的高贵

我去梦里有点儿事儿

先睡了

56

有一种清净是远离两人以上的聚会

还有一种幸福就是搂着自个儿睡了个好觉儿

比你还爱你——能这么说话

等于冲着你念反动标语

57

悬崖惊鸿

相交心湖

层层涟漪不可收拾

58

冲你这点儿花前月下

想和你都谐不了

想分你都配不了

想思你都念不了

59

财富带来的满足不是你的真正归宿

冥想痛苦不是你的本愿归宿

内心的诗意平静才是你的和谐归宿

60

如实了解今生的真相

放下对一切外缘的私愿执着

天人合你

61

看看你有多少像幸福这样的词

被生活活活整死了

62

你之所以得不到时时开心

是因为反复执着于贪求的路上

63

诗歌真挺好

出生了就不老

64

你提个不保护动物的案吧

落个活不消停死个安魂行不

65

鸟兽回归丛林以后

已经没有真实的刀剑

描绘你的飞翔

66

独享与背叛都有痛苦的秘密

那就是

你一个人的自由

长不出能飞的翅膀

67

你的春天一身骄傲

再见梨花已够不着

68

天意决定诗意

你来决定你去

69

桃花开了惜时惜春不惜身的一笑飞翔

像不像你太开心了就忍不住滚出月亮的泪

70

七月

海水开始

深澈变咸

大海知君

从一而碧

71

你瞅瞅我

我瞅瞅你

人在江湖在

相安都无害

72

天光地草中秋月

花身树影闲茶烟

伊人不辨伊魂在

信是家园弄家田

73

你的容颜交给了我

挥霍不尽的锦绣江山

你是帮我爱上了我的人

所有出逃

都是感恩

74

多年前多年后一泓清水联想你

谁正默默谁正莲台清茶话你

那么难的山路雪路走向你

你人前人后一丝浅笑你

75

今天是 2011 年 5 月 1 号

今天北京的阳光布满绿树和鸟声

今天你已从头到脚全面超出了预产期

今天你还拒不按照组织的要求如期出宫

76

今天你依然可持续性地把你年轻的妈妈
折腾成了一个十分劳累的农民工

77

每一颗星星都打算下凡
每一朵裙子都准备盛开
人间热爱复活

78

一个夏天让你的想法天天深刻
一座城市让你的茁壮反复淡定

79

你身上开始了我眼里的时间
一叶枯荣
一眼天空

80

人间六月天
悲剧继续创新
欢喜一缘难尽

81

在石一方

你随缘就分

依水一线

你守土尽命

82

喜欢春天

帮我明目张胆忘记过去的过去

想起没用完的那一天

83

从容慢饮秋风

缘木立地始终

雨轻雾重谁冷

悲喜不言心声

84

除了秋天

一个人能正派到哪个天边去

离开秋风

谁见过明天的庄稼做成的梦

85

地球人

不论东方西方都是在水一方

苦海无边

归真返诗

86

春意袭人泪想出

往事太无辜

寄身浮萍多冷暖

缘定一人行

87

五月

柳枝深深神神

活了

一脸少女的笑意

一身站立的泉水

88

人一辈子能捡上这么一个哥们儿

等于上帝给你配了个驿站和码头

他不是太阳

但浑身是春天

他不是银行

但你可以把他反复变现

89

上下千年的我和你

死了全到天上去
地面上早已经放不下
各路雾霾主义

90

于是五月
你凭空落地黑黑土土
你随缘而吐绿绿青青
你选择活下去
你放下昨天向阳光跑去

91

从诗意中来到诗意中去
一切以诗意的禅意为根本
是草根和春天的核心宿命

92

这个春天
用妹妹找哥泪花流出的咸
企图望穿
秋来运转

93

一次人间
谁让我一夜富可敌国

一次刀锋

谁替我止不住梦里寒烟

94

诗意眼睛不在于让你看清了什么

诗意目光可心在你能开心地看待一切

95

长白山一生废话很少

松花江一辈子有浪无声

他们是上帝放在地上的一部很具体的诗集

读几页就足够你消化一生

96

春色之外看你的无辜

没有一根羽毛不让我双脚生疑

97

你来到世间的主要工作就是反复才下床头

又上心头地把自己天天搬来搬去

98

把你的头拧下来

揣在裤兜里

咋摸咋放心

99

人的一生至少要有一次一见失身
你外行
整得一生丢魂

100

请你注意你身子骨分泌的
凡·高取向

101

默默把汉语撒成娇
生日把默默油作画

102

横眉冷对名和利
俯首甘为兄弟猴
——诗意果然战无不胜

103

吾欲因之梦历铭
浪遏飞舟思安静

104

他确实一生盲目阳光惯了
他确实一生阳阳光光地盲目照亮着四面八方
他受不了阴冷智慧和直来直去的诗意出轨

105

诗意人面前

所有街路都是待字闺中的处女而已

106

兄弟应该彼此预挽今生——

活得尽兴

死得开心

107

视兄弟之死为捡来个节日——

热烈欢送

等于他反复托生

108

你是你生命的作者

何必写那么难言的剧本

你是你生命的同学

何必写那么难的作业

109

其实你铺天盖地的爱情

只让一粒落在眉骨上的雨滴

受孕不已

110

小说说不好你这脸
杀人越不了你这货

111

你一内敛
我就感觉
从明天开始
得动用一座完美的冬天
帮我怀念

112

不开春
什么也干不了
春天了
指不定你会飞成一只什么鸟

113

一直不太明白
你凭啥不给自己留退路

114

一棵树因为我而跻身春天
我因为给春天了一点颜色
暗自欢喜

115

天天喜迎多少痛感的消息

才能在一锅乱炖里

挑肥拣瘦

欢欢喜喜

116

知道你打算用我当你的呼吸

不知道你喝过自己的血没有

傻了吧唧的你

117

走着走着你就累了

走着走着你就走了

118

人生苦长

欢喜为王

去日苦多

借诗当歌

119

门外冬至

门里末日

今夜一定有和我一样想活下去的流浪汉

正在冻死

120

今夜一定有和我一样想朝圣的人

准备转山

回家

121

十字路口解放不了眼底的悲悯

冷兵器与生俱来

无从放下

一路故乡一路孤星一人唇上

翻飞谁的冷月

照你窗下

122

凭啥

想了干了

说了忘了

花红草青一路叩问

水平湖静向天一画

123

你能记住什么

你敢记住什么

你用什么补语抓住你

你用多少细节沦陷你

124

要是你的慈悲连佛都看不懂

要是你的心念连鬼也看不清

要是明天

蝶挡不住蝶

你挡不住你

剩下来满天泪滴飞舞

125

你别你梦

你自你言

你家园了你

126

你盛开过你

你记忆着你

你春天着你

你不计撒落了你

你一整片叶上的你

127

你缘起你

你种子你

你喜欢你

你悲伤你

你一瞬间失去你

128

麦浪滔滔

阵阵笑我

一个人了吧

你也有今天

129

谢谢你给了我一帘童梦

帮着我从此三生不醒

130

反复放下待来人

这辈子的字

就这辈子定

131

记得当年泪欲飞

以为君去死不回

如今人间花谢梦

天水一方谁依谁

132

你逃出了江湖兄弟

你离开了木棉姐妹

133

前世今生了你的脸

每一次醒来都是离岸

家园深陷爷爷奶奶的手里

难以自拔

134

面朝春天

一梦就灵

135

爱

让爱的事情发生了

诗

让字长出来了

你

让无数青山绿水替你

坐化今天了

前世今生了你的脸哦

136

转山之女

山转

泪下眉梢

下泪

137

今夜

锦衣淡定

少一块人间的抹布

擦必要的脸

138

你我无限退减

村庄丢下一根草

你放下你

用过的容颜

139

想起爱情我们就像孩子

看着祖国我们全是眼泪

看着街灯我们就像落叶

想起爹娘我们只好坚强

140

诗歌再任性

也是往事扯来的景

字是人非

141

从你盛开的裙子

我学会了放开胆量

142

无法无天地修理

没头没脑的你

差点儿上了瘾

143

你有没有灵魂我不知道

你留给我那么一种笑声

嘿嘿

足以致命

144

后来诗说

你适合做这样一个人

努力陪生活的尴尬

溜达到底

145

像所有水都是纷纷雪花流出的泪

云落远乡

身不由神

146

多少今夜

用云的浩渺不辞而别

你是你的陌生人

我和我的陌生各自成长

青萍初恋深水眼底

谁能在有生之年看清谁

147

东北女人与东北大地经常性结缘

结怨

结果为

——东北留魂不留人

东北女人怀揣着一段致命往事

没黑没白地东奔西走

故乡装箱

以漂为府

谢谢你，给了我一帘童梦
帮着我从此三生不醒

你有没有灵魂我不知道
你留给我那么一种笑声
嘿嘿，足以致命

148

爱

总有伤的树

不爱

总有香蒿芳香

149

你现在的诗意里

藏着你走过的路

读过的书和喜欢的人

150

七月香蒿

半夜无语

七月雨滴

钟声嘹亮

七月榆树

最后一次冲向天空

几瓣萤火虫

死抱茎叶忠贞无度

151

书面语上最具人魂意义的东北姐妹

当数萧红

152

东北女人天赋单纯
谢绝同化
她们一朝遭蛇咬就十年想咬蛇
她们的寻仇热情
往往超越一生入乡随神的再生干劲
爱和害
两个字陪伴她们
一生都在心理移民
心路反复无从转世

153

一过一去
我在人间已经当了好几年爷了
一秋一冬
我在东北反复布置了无数的鸟儿
看着鸟儿的音容笑貌
比跟人握手言欢还好

154

秋来了
天很远
谁在趁火打劫地说诗歌黯然
只有酱肘子才灿烂

155

天有多坚强

你就有多蓝

156

秋天一步一步公开了我的国色天香

谁不服诗人

谁就活得不怎么样

嘿嘿

157

我在明知找不到你的地方找你

一直把自己找成秋天的雨

158

宁当中文路上的技工

不做人世宿命的天风

你好意思说

我不好意思听

159

天空与天真之间

你怎么飞翔都是一个孩子

阳光解放不了所有阴暗

天光会处处帮你安上翅膀
只要你想

160

没有天路历程的心路历程
多是地上得失的纠缠
少有天人合一的通阔

161

你的美好
来自你对自己习惯性地认罪伏法
然后
天就亮了

162

第一次学会疼人儿
就疼了你一身病
想着爱你就害了你一生

163

天不下雨
你想长草
乱了夜晚
一脸孤独

164

你动心了

我动硬了

你冲人间落实了一笑了之

我在人间确实举目无亲了

165

你一病

我就产生药物反应

你一没

我就吓得规规矩矩永永恒恒的了

166

借个草莓

怀念红色的冷冷热热

借个叮当

逛逛小时候玩的地方

167

有品的东北男人

都是些乐于动口又动手的君子

要么手上扒苞米

要么嘴上当屈原

反正两头闲不住

168

美女是神做的天上的玩具

落到地上显然是给我一个出其不意的惊喜

美

为啥那么吓人呢

吓人又为啥人不跑

人不长大

没法知道

169

雪里雪外立地轮回

这越来越紧的清晨的雾霾

冰凉，庞大，裹挟众多惊恐的眼睛

这越来越紧的车辆的轰鸣绝尘而去

170

我在你四月的春风里

穿过黑发

在你八月的笑容里

融化诗意

171

杯中酒

一饮而尽

杯上风

品不清

172

飞鸟缤纷

草浪扑人

白桦林任性着剪开朵朵白云

灿烂的笑声随风献身

173

鸽群飞翔

伙伴怕散

白云飞翔

落雨怕看

怕

让怕的事情出现了

174

生活成功领取了

我的欢喜

哪怕弟兄们反复姐妹着

模仿雨水泪崩

纷纷离去

175

今天只活到你的笑容就够了

完后用手把黑夜拉长

在一本书上慢慢饮酒

176

面对天使

东北男人统一不正视

不赞美的性别风格

全球仅见

177

打铁还得肩膀行

写诗难得纸上青

实在写不好

不如种树苗

178

你来还是不来

诗意就摆在这儿

不增不减

你梦还是无梦

本王都漫步人间

或安或然

179

亲密无间的兄弟？

嘿嘿

卧床卧轨还得靠自己

180

冬天了

人都冻得嘶嘶哈哈的

那些一生纵情天歌的鸟呢

连一件棉袄都没有

也没抱怨一句

181

一个女孩儿

一生一问

看见冰雪就看见你的是谁

喜欢你就像冰雪一样咬住大地的有谁

182

我撵了她一辈子

也没撵成

183

水做成了她以后

她做成了风

风来水走的

树慢慢长成了一种病

184

生活喜欢我像孩子一样

一生就图个马路边上

看个新鲜

185

雪花落地

身轻心静

落在哪里都是家

186

东北的好处

树高千尺

通情达理

花翻遍地

不冷不热

187

田野里所有的坟墓

她都熟悉

曾有过人爱她

一直爱进了泥土里

188

一场雪把你赶得背井离乡

一场雪把你冻得手脚冰凉

一场雪把你惹得没齿难忘

189

人类习惯于用节日逼我无处藏身

我习惯了用童年看你无路可寻

190

雪色欢声的东北童年哦

活刺啦把我们长成了今天的大苞米

191

谁跟谁一起生活

能牵出这么冷静的月亮

和这么无欲无求的寒冷

192

美女来到人间

人间就可爱了

美女跟你在一起

你就想使劲活下去了

美女可能都是些具体的天使

我天性的门我都开不过来
门钥匙基本在天使的手里

193

天使多神啊
她们从来是不见兔子不撒鹰
你不顺眼她不下凡

194

打从跟上了一位美女生活以后
我就开始锻炼
悬挂在半夜或半空的爱情功夫

195

美是厉害的
美女的专业是让人操心
美女给人上刑的方式是让你心碎

196

和一位美女生活在一起
等于一座春天陪伴你不离不去
这座春天迷宫密布
跟着她
你每一天都能跟自己藏猫乎
时间久了

自己丢哪儿去了也忘了

找回来了

还得重新熟悉好几遍

心里才落底

197

天之你

地之我

冷暖知几何

一觉秋来落花声

叶叶如梦说

198

东北四季刀锋一样鲜明

导致东北男人集体组织观念畸强

一个人的爱情

得找一群人来帮忙

最后里出外进的下场

找不到一个可以落井下石的责任人

199

大雪把人全下小了

你在

什么新闻也不新了

什么过去的也没过去

200

天好冷哦

我们分不开

冬天到时候就主动把你和我冻一块儿了

纷纷天语纷纷雪的

你随便落哪儿都行

今天我只想活到你的笑容

201

一天下来

诗情你情了几分

画意你意了几笔

202

一生下来

兄弟你弟了几个

姐妹你妹了几人

203

她先是一朵站立的浪花

然后是一位画海的女孩儿

看不见的海风
她画进了水浪
水浪一翻一卷
一边舒展了大海的长裙

海鸥射向太阳
岸沙紧抓天边

204

画海的女孩儿
被海风一笔一画
画进了时间的蓝

大海是天空的泪水做成的
一朵站立的浪花
使她第一次变甜

205

大雪给大地铺满了新的艰难
雪上的男人除了坚韧
就是硬挺

206

刀放下就是草原

你来了就是庭院

马走了天边就扬起一羽鸿雁

207

雪上时间越走越慢

忙前忙后

东北还是帮你反复年轻

208

她说不清自个儿的幽幽灵灵

她孤注一掷了浑身的水

为了洗干净一句话

209

天光之下我横躺在白杨树下直视蓝天的蓝

秋风里的太太一边巡视水边

一边扑捉扁担钩和蚂蚱

郭公馆的一只青蛙

也应该顺路借光国庆节个了

210

院里救不了院外

羔羊救不了羔羊

你的脸顺着时间的炊烟一生向上张望

211

雪上人间

你的房门用不着上锁

你的灵魂用不着设防

人一辈子多大个事儿啊

212

雪天雪地上善若你

这越来越紧的风声一阵阵呼啸

穿越群山

扑面而来

213

雪来雪往如梦如语

这越来越紧的河流的冰层还在增厚

抵达寒冷的峰巅

与世隔绝

214

一朝遭蛇咬

十年想咬蛇

我们能出息点儿吗

不能

215

雪生雪灭天风洗面
这越来越紧的时光的车轮
一路黑压压地碾过来，碾过来
伴随不可遏制的战栗，心碎

216

雪歌雪舞谁留谁取
一步步迈向凝重
曾有多少露珠守望花朵
秋虫在草丛中穿行

217

雪冰雪泪谁人暗饮
有多少果子在大地上腐烂行走的人
已忘记梦中的故园和初始的爱情

218

雪上雪下谁替你魂
这越来越紧的生命的跫音
黯淡，或者明亮
今夜我堕入时间的深雪不醉不归

219

一场雪把你下得没完没了

一场雪把你神得出水芙蓉

一场雪把你记得清清楚楚

220

人间每一个角落她都在

今晚她想在一个怀抱里

一梦不起

221

夏花芬菲逼人

告诉你人生是一次性盛开

没有后方

222

你风筝线断了你

我海水蓝没了我

你旌旗占山为王了你

我百姓百里挑一了我

223

一个人定胜床的好汉

土豪了人性

看啥

就说你呢

224

湖水上面还带一层冰呢

冻了我的手

活了天下树

这个清明

我一脸光荣

225

知道你冷漠如霜不知道你根深藏梦

知道你温柔春光不知道你萌发魂香

知道你叶落成堆不知道你神游何方

知道你满山繁华不知道你意味群芳

知道你慧眼凭栏不知道你起伏悠扬

知道你树下蓬勃不知道你根本念想

226

到阳光最热爱你生命的地方去

用羔羊的思想

退出荒漠

再度甘泉

227

有多少往事

像这个春天一样走来

让你的直觉与记忆
不断自己耳语

228

庄严地抬头一看
天真开心
所以我一下子就自然变心了
以后我宁可和天相处
也不碰诗歌了

229

人间四月天
很适合我
一边种树
一边跟生活交代问题

230

你牵不住你的手
天光坐化你一生羽毛

231

人是一道风
一厢情愿
没完没了

232

马二爷人神落地
客观上完美实现
用寄生虫的一生蔑视占山为王的王
主观上杯酒写意
山水为家

233

那时候的雪下得好大
那时候的我冷得好怕
那时候你的笑声又冰又脆
那时候我一出门就不想回家

234

我日夜聆听的哗哗的声音
一边打湿了我，覆盖着我
一边又奔腾而去

235

你是我用理智克制住心跳的微妙
你是打死我也不说的死扛
你是我说了就怕失去的焦虑
你是我不敢或不能爱的精神食粮

236

你是我只能用面子抵得住的心痛

你是我想爱却不能爱的纠结

你是不用我负责我也不敢行动的装

你是我永远不想揭晓的答案

你是谁

237

天空透透的

鸟声软软的

草木滑滑的

你呢

轻轻的

238

你扶墙而立

墙扶谁

你仰望天空

天空望谁

239

今晚和我看星星的人

今晚星光抚摸我的人

今晚一座秋天倒下了

夜晚抽空了她最后的热量

秋天赤身裸体

完美无缺倒在我的手上

你累了

一丝不挂的凉

240

阳光深远

按理她会替我疼爱每一张需要温暖的脸

241

睡得明火执仗

过得以假乱真

青春一次性用尽了你

起死回生

242

其实

你随便找个土包就能比我身子高一大截子

犯不上专门踩着别人的肩膀头上

也能够着天上的羽毛

243

天光不远，人生太近

春花秋月何时你，往事知几许

小楼昨夜又冰封，故园凛冽如锋我笑中

244

你坦荡地宽容地雄壮地站在我的回忆里

指点我的额头

我站起来，坐下去

趴在地上等待的只是你遥远的一笑

245

生为补语

你可以坚持以主语的脸色行事

没有皇上

汉语可以什么也不是

246

还回一根肋骨

你就是我

你在我午夜的美梦里

穿过走廊

你在我失忆的酒香中

寻找外遇

在我落满银色的土地

拔出一棵小草

247

捧你时你是个玻璃杯子

松手时你就是个玻璃碴子

——再厉害的香水也干不过韭菜盒子

248

天光追问我

那一束百合花深夜的耳语

——我怎么可能告诉你!

249

想说的说不出来

你也犯不上忙活成鬼哦

想骂的骂不出口

你也用不着随地吐痰哦

250

从明天开始

做一个迎春花那样的人

人前芬芳

人后暗喜

反正活着不如醉了

反正醉了不如赞美诗

前赴后继流浪在白纸黑字上

251

春天和青春异曲同工
主要是动手动脚
用爱情种树
美好是种出来的

252

春来种树
城市放牧
随缘顺便
为天分忧
我咋这么可爱呢
我都看不懂

253

汉语爱情
父母子女情
兄弟姐妹情之罪在于
神话了人从人身上找出路的反动人生

254

一场雪把你缠得足不出户
一场雪把你害得孤独求孤
一场雪把你全得童年无度

255

我不会去我配不上的地方

耽误阳光

256

没有握手就没有繁荣

生活是合理的

只是有时候

我的手不想懂

257

天光在手

我喜欢让上帝的用心

活得有鼻子有眼儿

258

人到四十古来稀哦

白纸放不下我浑身杂碎

黑字死死咬住我的身躯

259

五月以来

我一种下树

天就跟着下一场雨

我越来越崇拜我的手

我不会去我配不上的地方
耽误阳光

我一种下树，天就跟着下一场雨
我越来越崇拜我的手

260

这是个相当古怪的朝代

人像热锅上的蚂蚁

脸上什么都有

就是没有灵魂

261

爱我的人逃进海水

恨我的人泪水不已

我节节败退到季节深处

听雾色晨钟喊来喊去

262

幸福

就是很多不幸的事情

都没能扑灭我

手下留绿

263

记忆从一开始就没有握住那双最想要牵的手

错过的岁月就会成为不断的忧郁

264

今秋真实有效喔

我用一生的红男绿女验收

往事已经不再见我

这一回

天

真想开了

我也跟着痛快了

265

一棵树苗从头到脚告诉我

前途是天意的

道路是诗意的

生死是愿意的

266

鲜花的方向是对的

人去哪儿了难说

267

我的心里只够盛下一个人

这个人必须是你的童年

出了童年你跑到什么地方去了

我像找妈似的找你找了好几年

268

你若茁壮

我便舒服

三百六十五里路哦

你我好自为之

步步为营

269

人往高处走

不踩着他人的身影就好

水往低处流

不淹着人民的粮草就行

270

爱

浅一点词不达意

深一刻烈马山河

你

说一句天近人远

放一下风来云去

271

你

在半路上

不把自己当回事

是对汉语的最大贡献

272

这人间多少刻骨铭心的你
得拿到天上
才能开始
诗诗句句

273

东北一直熟悉东北
儿女永远不熟悉你的往事

冤有头情有主
站在你的城头肩上
我抓住我
空若风去

274

来吧
爱你爱我爱出个害
害来害去害出了爱

275

新年了
我替群主发出最新指示
你们要关心国家雾霾

要用红包打垮一切不开心的东西

276

后来上帝问我，咋能让全球像你一个心情

我说，你打开制冷试试吧

结果天放下了雪

我放心了诗

277

你怎么红包引力波

我就怎么入乡随神

我用一身的弱点

维护你一脸巍峨

278

汉语走到如今

俺只有一介叹息

天下为鸟

人间多好

279

春活一木

胜写七首诗歌

野放一鸟

好过碑前述说

280

面朝小树

双手合诗

我上了回帝

你百年了你

第二辑 天道酬我

1

大苦难造大人格

与其说爱国不如说爱我

大虚无化大冷热

与其说看破不如说怜生

2

这个秋天正慢慢放弃了秋天

接着爱情渐渐放手了爱情

然后你缓缓放下了我

3

谁摔倒了都会叫喊

我们败在不敢哭

4

开心开的花

抱怨抱的美

因为犀利

哥咋活都幸福着

5

北京是个缺乏性别感的城市

我总找不到她明朗的内心
想爱她
使不上劲儿
她爱不爱我
我也没啥把握

6

生活不断示我以错觉
错觉断不了像一件床上的尤物
一生玩笑得空前残忍
还好说点什么呢

7

犬齿交错
衔不住一缕破碎的时辰
相思嶙峋
真不愿想我如何泪流如注

8

我有足够的语言等待钟声
或落幕

9

这一天你面对召唤
喜迎崩溃

这一天你苦笑着

自度千万个昼夜的孤寂

——天上全是黑色的飞禽

10

远东这劈头盖脑的黑土白杨

总是逼人死他个明白

活他个清亮

11

我用剩下的眼睛

抚摸你以后每一寸身影

12

我们是在课堂认识的

你却把下学期全给扔了

13

顺着阳光带来的愿望

我们继续盛开目光

14

巅峰干云以为雾

笔下生烟做晚风

老去暗笑童心在

山水依然为我流

15

俺和寂寞心莲藕
坚持装傻换银子
有泪换杯酒
有伤换口汤

16

强颜作笑上了瘾
懒得忧伤滥写诗
一直在转让
没敢要尊严

用名人之文
为草根安心

17

向死而诗好开胃
别梦依稀爱如今

君临草木吾皆喜
智仁安泰女生辉

借镜兄弟中天泪
洗去眼底一粒尘

18

哪一款宰割适合我归田

哪一款羔羊适合我皈依

19

蜕皮可以

褪色难点

20

我是对我很信仰的

得礼节性跟上季节性的荒唐

21

我们都是已故好友情人的亡魂

天天词不达意着那久远的诗意

22

我大泪人间

我咋就那么泪大无比呢

23

我会洗衣，不善洗礼

——我低头的手在扶起一棵倒地的树

24

一个人孤独并不难

难的是踩在别人的背上牛哄哄着孤单

25

诗意

让事情变得简单

人们变得善良

诗意

让你像个孩子一样

文字就是你的积木

26

秋来秋去秋无影

心明心暗心有声

月入中天唱辽阔

人自一方守孤灯

27

兄弟们如花似玉

高坐在酒的上边

等我从山上下来

秋天已经落实了语言

28

哪一款骨头适合我坚挺

哪一款草稿适合我泪奔

——你总想找到和你差不多的草

我一直在等盼我离开世界的那个人

29

所有眼泪都是咸的

不要总想把自己当甜的

30

我想看看我爱上的人在人间的所有苦难

是哪个神仙给带来的

31

我用飞机的速度抓紧爱我

我借爱情的柔软轻轻放下我

32

为了今夜黑得深刻

我有兄弟笑着死去

33

等我明天再年轻点儿

我让你生出一群高山峻岭

34

冲着你尽心尽力的高傲我都没好意思发笑

瞅着你没头没脑的自尊我都没敢正经抬头

35

湘江水起雾满楼
伊人原来岳麓中
雪落京华肥冬夜
寒凝大地笑晚风

36

后来
天真秋天了
天真落叶了
天真让我多穿点儿衣服了
天真把自己灌醉了天真使鸟的声音瘦下去了一大片
天真换了人间不少男男女女的嘴和脸

37

我们都是些说话给自己听的人
像狗爱上了骨头似的把自己叼来咬去

38

这一天我爱上了你非公表情的脸谱
下一步我会主动上门私营你的下半生

39

如今我等的不是你
我等的是你身上散发的我那过去

40

明天我绕来绕去还是想你

想你比活着还过瘾

41

是不是所有的河水流到秋天

都像个犯了错误的孩子似的

你咋看她她都低着头

合颜低首

一任天流

42

让一棵树深情地活下去

我好腾出身子

一步一回头

浮云万里

43

你再夸我我就飞天上过年去

你再这么把我当回事儿

我就提前春天

44

跟这么大个城市一起吃喝拉撒不正经点儿都不好意思

跟十多亿人民一起活一回你想死都死得三心二意

45

除了开心我什么都不够用

除了兄弟我什么人间财富也没有

46

想到过开心

没想到这么开胃

47

我理解货币

我没看上人类的这种玩具

我明白男女

我没看好他们能有啥出息

48

告别母亲最后的叮咛以后

所有的来风都是母亲的一种眼睛

妈妈没有讲

芳香是一种泪滴穿孔的声音

妈妈也没有讲

芬芳还是阳光唤醒的泪滴穿孔的冬日冰雪

49

你和谐就得她精神紧张

——地上没有任何一只鸟

享受人过年的安详

你开心就得她流浪
——天上没有任何一只鸟
能欣赏人过个年的烟花炮鸣

没事儿就吉祥着吧
四面歌舞升平
都是狗看不懂的幸福

50

你让我丰收我就是奶牛
你让我消停我立马就深秋

51

只要天空的蓝摆平了我的眼睛
地上给不给我尊严这个词都行

52

要是明天一目了然
请放了我们当年的期许

53

我从来没让生活等过我
我要让生活等死我

54

这个春天故意动摇我神经的薄弱部分

让我古老的边疆狼烟四起

55

宁可得罪过去

也不伤害今生

可以埋了自己

也别耽误开春

——做人容易

做一个孤单的人可不容易

56

给个台阶下吧

有点儿累了

57

日出长河红似火

月亮忘了我的心

58

我们接着站起在马路旁

一支烟之前

一条河面前

一条鱼眼前
满脸
欢不尽欢
喜无处喜

59

时间和儿女抱头鼠窜之后
我种下的树苗
决定绿了
与风共舞

60

心路芳菲
天路碧绿
开始温馨依到今
青石绿水又人间

61

深了昨夜
浅了今天
怕了自己身上的自己
五个指头互不关心

62

品一品当年帅得让人心痛的废话

可安详了喔

用这么好的春光重组昨天的旧梦

可惜了喔

63

可能童年确实离开我了

那些形影不离的伙伴

一个也找不着了

可能童心确实离不开我了

有些欢喜

一辈子改不了

64

开始的祖国开始了我的童年

最后的火焰书写你最后的容颜

65

我破山河在

城春旧梦深

66

我的树不计天大地大

我的树不管谁来谁去

每天依时顺便

活着就不抱怨

67

如今冰天雪地念我独
如今泰来一街恋我步
寒夜星空
我的城里笑意隆隆

68

天太冷
我像个无名英雄
期待雨声

69

在水一边
看一棵小树的和谐世界观
想起时
不由人心不往
细数少年爱荒唐

70

哪一款付出适合我放下
哪一款飞翔适合我丰满
——看看你有多少像幸福这样的词
被生活活活整得灵魂出窍

71

生活挺好

我不好意思变老

72

好好上班

天天像样

73

春天的清香

唤醒了我的真相

冰退向水

雪还给草

74

与君巢湖三分水

留我诗意百丈深

75

天在人必归

我去君不留

76

孙女告诉我——

我不紧不慢地来到人间

是为了配合你不紧不慢地回到东北诗意上班

我挑来选去认你当爷

是放心爷爷你人生从容，诗意无边

来到世间以前我就预感

北京有一个长河湾

长河岸上有我爷为我种下的百年心愿

等我能睁开眼睛的

我会把我爷的心愿持续诗意人间

77

这一次人间我好像进错了门

有诗意的人处处落地成故乡

78

一棵树实事求是种下我

我一叶一叶明白

世界上没有一棵无缘无故的树

79

清明

清清明明给自个儿上个坟——

阳光挺冷

故人温馨

80

我的树热爱光明也热爱黑暗
一叶一叶迎风轻笑
一绿一绿细数光芒
一径一径大地根深

81

我种的树教育了我
她每天都长出一点儿绿叶
她跟人民一样淡定和清高
谁拿她也没招儿

82

哪一款坏人适合我抒情
哪一款童话适合我看病
——睡来睡去就当是和天睡
萌上萌下只好醒了再萌

83

在一个没名没姓的春天
我种下一棵棵木头木脑的树
我的树一天天没头没脑地种下了我

84

在春天的舌尖上

种一棵树

让她替我

不看书

不看报

不接电话

不喝白酒

不管不顾

嘿嘿

没想到种一棵树

约等于半路捡了个兄弟姐妹

不用你照顾

她为你

一丝一缕

日夜守魂

85

一棵树在慢慢种下我

一棵树明火执仗种下我

一棵树

面朝芦花

借魂上坟

面朝千叶

借骨还春

面朝春天

对症下药

以后

她腾出手

一天一遍种下我

86

哪一款兄弟适合我高贵

哪一款尴尬适合我淡定

——怎么总是一些死去的人

帮我有序活出缘分和水平呢

87

——是不是人人都盲目

个个都病人

所以春天才盲目这么美好

我说

我不知道

——是不是自由的前夜

所有苦难都是未来的勋章

我说

我真不知道

好好上班
天天像样

生活挺好，我不好意思变老

88

昨天我在种树

今天树在种我

这个春夏之交民主自由的典范是

我和一棵树

守望相祝

轮回转世

89

谁把春给天了

谁把花给开了

这个问题

树没吱声

90

菜包子的短信诗纯得像炉火炖出来的——

找不到陪我一生的人

却找到了我可以陪她一生的小狗

这感觉很好

找不到要我陪她一生的人

却找到了愿陪我的小树

这感觉真好

小狗和小树有着无数的骨头和阳光
却只有万中无一的我
这感觉太好

我这么珍贵
你还在等什么呢

91

一棵树漫不经心跟我说话
一天爱上了哪个门牌号码
结果诗意着冬春秋夏
一生感谢孩子了没有
让你转身当上了爹妈
一年感谢春天了没有
准时让你绿茸茸的了
我想想
说不好

92

我告诉兄弟
借剑见血
借魂祭己
诗人哦，如影如虹
如了你哪一个童年

93

我们的心情从来没有像石头一样春光过

我们的疲惫从来没有像石头一样解脱过

94

今夜一个人在雪上

跺跺脚

干脆把自个儿跺得正派无比

95

哪一款挽歌适合我风景

哪一款年代适合我虐待

——给你自由你当酱油

给你上头你要下头

96

我用千树万树

恪守宿命的呼声

日夜轻唱我

踉踉跄跄的

一生重复

包括中秋

97

为了保佑我心目中的母亲

我一生在诗意的路上孤独不起来

这，让我天天如生

98

这一次上帝帮不上我爱上我

我就拿你垫背

末日

帮我们一次次把生死全弄穿帮了

99

我们爱来爱去

借兄弟姐妹借四季阳光借感感动动

只为上蹿下跳从里到外疼爱自己

100

哪一款性感适合我蝙蝠

哪一款看客适合我骨感

——就是不想你激起来动

反复不想你坚起来强

101

我既要躺着

又要把这觉睡了

我既要站着

又要把这诗意了

102

我告诉兄弟

好男人孤独如剑

一好一了

在剑的那一面等你

是人

是烟

剑看

103

诗意替我悲欣天下

我借诗意坐化今生

104

七月

我躺在楼下的长椅活动颈椎

一朵朵若有所思的云

变着法儿抚摸我空空荡荡的双眼

105

放下阴霾

准备淡定

面朝上帝

准备阿门

106

我告诉兄弟

别把我们的人类关系

基因明天的儿女

107

云上天空

初步决定蓝色长天永不变

包括那些散养的星星

信仰比脸色还坚定

108

从天上往下看

我和人类都没有与日月同辉的可能

我和孙女借日月光辉绕着花园散步比较可行

她脚一沾地就要跑

她侧侧歪歪的脚步

发出地道星星的尖叫

我提心吊胆的流星哦

你把地上当天空了

女孩儿生下来都这样吧

忙忙叨叨把两条腿

当成了鸟一样飞翔的翅膀

109

七月

东北的天空容易漏

七月的雨

是直接往下倒

湖水漫滩

一些拇指大的蛤蟆咕嘟拖着挺大个尾巴

拧来拧去

110

涛声新鲜

爱的前面我们习惯当孩子

潮汐醒来

蚂蚁忙忙碌碌

从来没找到感情的出路

111

从早到晚一件事

寻找童年

虚拟的祖国

把我彻底落实在一张身份证上

我和兄弟姐妹们动机不明地

一边喝茶

一边对生活上了瘾

112

现在，八月蓝蒿已经用尽了思念

弯下腰

把能接回家的接回家吧

放下剑

做我的秋天

放下如果

做我的从前

放下天空

像八月这样和我相伴

113

八月

孙女告诉我

活着是值得的

活着的爷爷可以给孙子当马骑

孙子开心了可以给爷爷指点神迹

114

感谢诗意

替我们反复预支人的本能

115

世界这么乱

就是没给我乱来的理由

116

那一世

我在别的地方一边暗喜

一边看你

那一世

你在别的地方一边祈福

一边雪落满地

117

帮我放下羽毛的手

必收到我感恩的眼睛

让你入梦的人

必遥远至一个秋日所有落叶不足以说清

孤独是一个自语的小屋

你打扮完了再出门上路

118

后来我在深秋发现

北京的早晨故意弄得鸟声清脆
屋里
我用浓重的东北思想沏了一杯茶和一杯咖啡
打算再点一支烟
用纯粹个人主义的烟雾选择
今天出不出门

119

这城市连风都是带编码的
你落在哪儿都黏糊糊

120

牛群肥肥
跟着瘦瘦炊烟散散飘落天上地间
我像一句废话
看
毫无念头地看
一叶青草轻轻一喊
泪水全蓝

121

天上一小就飘着那么多不认识的风
天上后来又飘着那么多不认识的云
天上如今尽飘着些熟悉的人

然而我呢

然而我的初恋呢

然而你的容颜呢

122

天歌地唱恩典多

到处牛羊到处我

123

美人迟暮

春心不已

但为国故

暗饮自己

不了了知

知好是好

124

遍今生

人意、诗意、禅意、天意

处处是你

举神往

童心、痴心、爱心、悲心

时时是我

125

秋日恩典

天光送我万语千言

水沉叶转

谁能再见谁的明天

126

我穷在穷尽一生

能与童心之念媲美的自己

少得可怜

127

心里天风浩浩荡荡

一天下来

啥也没记住

不照镜子

我都忘了老郭头长什么样了

128

后来饿了发现

帮我活得春意盎然的

不是思想

是一碗菜汤

129

天风吹深了秋天的目光

天云落进水边

天

真的方向天真

一条河

里应外合了我

暗喜的一草一木

130

祖国给我的任何年代

都是最诗意的年代

只要少写错别字

131

哪一款公民适合我改编

哪一款哥们儿适合我过目

——后来解是脱出来的

后来稳是定出来的

132

旧童话你还遥远

今天退回纸上春花开了又开

秋风又来到你每一件粗布衣服上
一地秋粮一地秋草

133

我在地上
经常碰到天上的问题
我在天上
可能会经常可怜地上的苞米

134

诗意是天意的马前卒
诗歌是神往路上的处女活动
她们早晚得长大

诗意的家
应该是从天上往地上看
我天坐化

135

地上能给我的都给我了——
我吃掉的鱼
再也游不进他热爱的水
我用过的笔
早已经不知放哪里去

我喝过的酒

没有一滴认识我的朋友

136

地上的辛苦和地上的幸福

只能游戏只有重复

地上只有这么活着

才能长成离不开地的房子和大树

树叶一张一张翻过

我一步一步懂事着

往家门走

137

这一次来到人间

童心还没用上一半

诗歌只写了半行儿

爹娘只见了一面

太太只笑了一回

情书还在举棋不定

天就降到腰上

138

东北

人的信仰让树的执着用尽了
人的情怀被严寒逼到热炕上
再也下不来了

东北我只能看到
我的童年漫山遍野地找我

139

天光千军万马
我们尘土飞扬
爱情说来就来
歌声说散就散

140

横扫一眼才发现
东北一直站在家门口
从来没派上用场
兄弟姐妹蜂拥着迷人的年代
已经倒下一大片

141

我们这些天使的大便
怎么打扮
也美不过春天

142

等了老半天

比太阳还人性的哲学还没出现

这回人生我们总算可以放心了

143

后来我告诉女儿

放下月经

捧起月亮

青春根本没有苍老那么回事情

144

秋天最适合春天着过

秋天最适合春天着想

谁让我有生之年

中文立地轮回

汉语死不瞑目

145

这个星期六的早晨

晨光天语

句句安详

绿叶我树

一手遮窗

146

明天醒来
哪只鞋会怀念我的脚

147

有多少真可以真相
有几个我可能是我

148

尼采是死了以后才尼采的
我们诗意着先东北着
等于馋死尼采

149

为什么我的眼里天风浩荡
因为大地上的儿女反复童话缤纷

150

一座秋天完整放下了我一支烟
还不感恩吗

151

这个冬天
东北继续改造我
年轻时想闹
年老了想笑

152

秋天天真秋哦

每一片落叶都在实质性地飘零

153

今夜降温

我开始照顾我自己

黑夜开始照顾黑夜的冰雪

每一寸寒冷都不容易

每一条夜路都开始奔向家门

黑夜和寒冷

让人变成羊群

今夜

人到羊群为止

154

哪一款姑娘适合我贯彻

哪一款店面适合我供血

——面朝春天你斩草除根

英在雄上啊

155

大地颜色一分为二

花红草绿

人民专业平等

一律在油画里散步

156

雪花

是老天爷的泪

老家你太吉祥了

如果没有你的存在

东北就是一片迷茫

157

世上可爱就可爱有天真二字

诗人呢

除了一生天真

还敢一无所有

158

童年在前

我心灿烂

童心在眼

我城如面

童话在手

我天我蓝

童鞋在侧

我梦悠扬

159

夜是酒香雪花冷

我欲因之念李樱

不给忧伤留借口

直取艰难立东瀛

160

外边的世界很精彩

帮我变着法儿爱上自个儿这头菜

161

生我养我的这座城市

像一个没完没了的大型工地

一天一天

有板有眼地帮我心碎

昨天我是水泥

今天我可能当钢筋

全凭这工地需要用你当什么东西

162

美好

不在有多少悬念落地

幸福
在我是一个天上有人的人
好美哦

163

活一天欠一天
每一次睁开自己的双眼
全是不好意思

164

要是有高度能形成文化
我就把它申报成非物质文化遗产
要是你说你是正派人
我就是体面人加正派人

165

真想给自个儿送个诺奖
让诗意一次性进到没有下一步

166

夕阳如我以后
地上的爱情开始全面减速
城市和公路撤退到草肥水美的深处
偶尔和村姑一样的袅袅炊烟一起
发出几句牛羊的叫声

167

后来我还发现我的毛病在

先天偷工减料

后天热衷沙堡

168

日子安排的戏剧感

有一点迷住了我

具体的敌人结果全是抽象的时间

抽象的爱情最后总是具体的每一个人

169

等我老了

我就把夕阳换成我的名字

谁也离不开我

我也不离开我喜欢的人

我着手把小时候开始喜欢的每个人

重新爱一遍

170

天降大地同一首歌

时间共享同一种福

热烈的绿草红花全没了

人和羊群一样

算不了什么

171

书籍和报纸和通奸的故事消失了

男男女女一生只有一个年龄

称爱情

172

云朵丰乳丰臀

信手撕开就是一篇童话

蓝天洗礼了地上的眼睛

人人泉水如歌

夜不闭户

173

雪怎么下来的

雪天雪地的日子里

雪把我落在了东北大地上

雪还可能替我大哭了一场

雪不容易

雪东北真了不起

174

雪轻轻地飘落，不紧不慢

像一个饱经沧桑的老人

每一个饱经沧桑的老人
看到雪以后
全成了孩子

雪是神的话语
雪是东北洗礼之后的生命
一辈子的天真用不完

175

天语落地
大雪东北
雪和雪同一个信仰
同一种飞翔

雪和风一路相伴
一个方向
心手相连亲密无间
前赴后继
如出一辙

176

天恩浩浩荡荡
东北立地慈祥

177

大雪不是圣经

落地却童话缤纷

大雪不是歌声

漫步却处处天音

178

雪上的孩子个个是你

雪上看你的人人是我

雪上所有生命

只是一个人

179

雪上东北辽阔无比

雪上东北一人遇见自己而已

雪花高扬我多少心事

一句话——不告诉你

180

太阳底下闪耀的光晕一览无余

爱它的群山更加深不可测

日夜被风传递的思念穿越松柏厚重的虬枝

当一列火车从旷野隆隆经过

长长的鸣叫震颤幽蓝的光亮回荡于雪野之上

心瞬间惊醒
我醒着也够不着

我沉寂比我更辽阔
雪上空无一人
好多年了谁能深刻过雪

181

我的体内有着一个旷野的雪像故乡一样
不分四季注视着我的寒冷缄默困厄
安置着我的梦境怀念忧思
我爱它舒展广袤一马平川
随弯曲的河流绵延至天边
爱它丰满的纯色洁白若虚无
太阳底下闪耀的光晕一览无余

182

眼见一叶雪花完整结束了一座春天我就长大了
听说一个发小一次进山再也不出山了我就人魂两地了
希望是一场大雪
相信她会把我想要的送来给我过新年

183

今夜爱你的人是谁

我不知道
今夜谁的童年和我在一起
我就和谁一起烤苞米

184

哪一款腐败适合我方便
哪一款监狱适合我养生
——你像一只专门往下飞的鸟
啥都没学会
跳楼很在行

185

我遇见的人都足够善良
尤其你的出现
给我心上的草原安上了太阳
整得我都没意思流浪了

186

从爷爷到奶奶
连年鸟飞连年年过
连年猜不出你几时回来
万里不是万福

187

陶罐盛满先祖名号

今夜一个人在雪上
跺踩脚
干脆把自个儿踩得正派无比

我遇见的人都足够善良
尤其你的出现
给我心上的草原安上了太阳
整得我都没意思流浪了

足迹散落满山遍野

这呜咽深远

一个人不敢细听

188

人类一直在和我脱离关系

汉语坚持在水里吐出

酒后的真言

岸上什么也没有

东北虚拟着雪上今生

绊绊磕磕

以身试梦

189

进入冬季日子的主要特点是地上雪越来越厚

我诗意的热情一层一层超越了最勤劳的工地民工

一天下来日子反复端详我的面孔

日子可能有点儿看不懂

190

国家下的所有精神我都照单全收

国家下的雪我都不落空去品味和感受

国家一直在努力发展郭力家

我的年龄感同身受

191

水从脚底倒仰心头

梦在灯下

他乡故土打量我个不停

他的乡你故谁土哦

清了

不清

192

冰天雪梦

你是谁的棉袄

谁的火炉

我是谁的笑声

谁的清冷

雪落得最深的地方是家门前

家门前最冻手的时候是童年

上学

一步都不想走

193

乌鸦天上飞

我就抽冰猴

棉帽出热气

我就嚼块冰

194

雪园深深

人生浅浅

怎么走

人民都走在自己的童年里

195

新年

我的雪园春花盛开

没遇见一个熟悉的人

196

过年了

我抱着我的脚

感觉比下锅的饺子还好

197

替我去者昨日之日多少梦

眷我心者今日之日多少酒

长云万里天作雪

一步一冰上层楼

198

乱世文章掩风骨

间或春来花又发

一叶枯荣草底飞

杯酒汪洋画明月

199

野蛮时代

能活下来

你已经天天英雄

200

吃饭还行

别的我就吃不准了

201

相信秋天

每一寸边缘都有在行的英雄

202

爱你

基本与你无关

203

地上的每一场婚礼都是我的个别心情

人民继续在马路上走进情人节的情节

我接着侧歪在床头吃我自己这一套

微信自有诗如月

204

天人遍地

汉语持续瘦骨嶙峋

江山锦绣

你我接着白纸一张

205

抽刀断剑剑自寒

提声唱歌歌已无

在世出家如来意

散漫江湖未行船

206

上学时养成了一种好习惯

把不愿意看的书打开

冲着自个儿

闭上眼

让书读我

207

爱我者

借我爱上了自己

我爱者

借你我走向天堂

208

我们一直在病句里忙活正确答案

往事一直在贼船上追求正确方向

209

我为什么反复沦陷诗意之歌

因为我爱上了自个儿跟自个儿唠嗑

210

我的东东北北哦

我天天真真拿着你

一点儿没脾气

211

春天来了

春天替我如约而至

哪怕我的城

已经换过了我的容颜

212

日子天天在消失

我天天字上守夜

小时候喜欢看到的东西天天在消失

我天天纸上守灵

213

这一次人间

汉语的每一个字都迷住了我

每一个词里都有我的股份

每一场革命

都替我分成了死去的兄弟

和活着的女人

每一个今天

都让我身上的酒蠢蠢欲动

214

春临城下

我的慈悲已经供不应求

诗临春上

我的欢喜再度荒漠甘泉

215

我要火

这一次国界都拦不住

我要梦

让天都跟着全面发蒙

216

我咋有一种中举了的感觉呢

以后的日子

我天天保持秀才的心情

217

更衣

我也自费上一回南锣鼓胡同子去

真正的民主和自由

就在于能让一个爷们儿

生得诗意

活得梦游

走到哪儿

都能抽十元以上的烟

喝精装二锅头左右的酒

日子这么整

还行

218

去宋词元曲里走几步

心路就让人走完了

雪上树下

只是没人替我冷

你的大漠边关了我

我的孤烟锁住了河

春来

谁流向谁哦

219

我跟我童年的关系挺好

对今天和人民没太上心

220

做最好的寄生虫

在人间不断一见钟情

不断一切随风

时光的一声叹息里

我们首尾统一

咬牙年轻

221

借命如今

童年在前

好好喝茶

替我看天

222

感谢天使

随时随地恢复我的童心

感谢女人
唠唠叨叨就光复了我的性别

223

冰天给了我雪一样的含义
半推半就
我又来到春天
一个红衣女孩儿擦肩而过
砰地一下
空气染红了我的双眼
熊孩子
你要吓死我哦

224

汉语的后方已经用尽
祖国替我四面靠墙

225

别看了我写的诗
就把我当文学名著
我是个简单的人
像古往今来的天安门一样

死去活来爱民如你

买张票

你就可以在我身上

随便走来走去

226

早春之夜

我告诉兄弟

心借梦走

人替天行

先知后知

一样无知

227

春天如约而来

我的三月我知道你忠贞不渝

我真不知道这一次你一路上

受了多少暗伤

228

我要集合天上所有的云

张开日月星辰的每一双眼睛

品透身下的每一朵海浪

这一次

我活要见人

死要见尸

我受够了人间

无缘无故的生生死死

229

春天一直跟我神交心许

我跟春天一直相敬如宾

她一直跟我过得不言而喻

我一直也没拿她当过外人

230

这个春天咋的了呢

是我有病了

还是这个春天开始

跟人类三心二意

231

日子反复让人失灵

我们软硬兼施

表示我们还行

232

人

为什么没了

我们才兔死狐悲着热爱

亲人

为什么死了我们才发出泪的呼喊

233

这一次人生

不是你怀了我的春

就是我怀了你的孕

再私有化

你还能私哪儿去

234

仅以春天送给我的一枚绿叶

就足以让我感念一生

235

上天看开了大地

相信我

一样会用天看开你的所有

236

春光送我往事重来

忙活了半天

巍峨的心事

也就一张照片那么简单

237

天眼里面没有失联

天风送我所有思念

238

我靠青天君靠鸟

万里河山卧佛了

我跟我处了一辈子

人跟神好陌生

想到我

想起人然后人民

那么远又那么近

还模模糊糊的

239

这一生

不论贫穷还是富有

都要和鸟儿的叫声在一起

240

男人喜欢发明政治

一心向天使证明

自己在人间热爱劳动

241

好像生活一直企图把人忙活成狗

好像诗意的人性反复不答应

好像日子里里外外谁也没赢

242

我把硬币堆成最后一座精神病的小院

看一条生锈的锁链系在你我的眉头之间

243

向使青春君无泪

从此瞑目我不知

244

离开了自由的妇女

我的眼睛会自暴自弃

245

天真够好的

主要我不行

天真一无所有

照样富得流油

246

汉语经常进入缺爹少娘的时间

我们经常伟大到说不清自己

247

地上的问题太多了
把我挤得始终浮云
飘逸发明我
这么适合你

248

我这样的人先知先觉
力行先解决了自己
约等于解放了人类

249

女儿是爸爸的转世情人
孙女是爷爷的心灵宪兵
看如今里倒歪斜的
只为了以后为我的天愿
执法如梦

250

今夜大雪纷飞
主要述说人类在汉语一带
一个女孩儿
为我反复而生

251

过年以后

我还有多少年

252

上帝显然在帮我

我显然得按捺住我身上的各路轻狂

253

生活是努力的

已经越来越接近我童年的口味

我绝不放过我

爱你每一天

254

小时候汉语是神话

长大了汉语偏笑话

一辈子汉语少童话

想开了借诗写废话

255

回头是岸

转身是天

何进何退

自选一盘

256

抱歉告诉自己
实在没有什么理想
习惯生活里边走神
尽量不打草惊人

257

你自始至终在找你
诗反反复复纸上诗

258

我只找到了我的敌人
我本身

259

幸福可能在书外头
城市放牧
羔羊若木
就挺舒服

260

诗人只和罪该应得的瞬间
站在一起
像爱情只能和梦
沦为兄弟

261

少年忧国忧诗

青春以身试神

中年纸上布道

老年尚不知会茁壮成什么模样的

上乘羔羊

262

要么你离我远点儿

要么我离你远点儿

我没那么多钱陪你与时俱梦

你也没工夫再和我往事重现

263

汉语通神兼联我

每出现一个诗人

我就轻松了一分

264

树上春树废话说

世上存在着不能流泪的悲哀

汉语老家如是道

只有过来人

才敏锐发觉谁的青春供水不足

265

诗意人生约等于落实天意自己
汉语发光发热
立地分文不取

266

秋天采用八月
帮我的心思体无完肤
像四处逃亡的草
纯粹了大地的孤单

267

这个春天对我
恩典足够
大地帮我儿孙满堂
原野收获了无边羔羊

268

户外阳光普照
天没让我离开就好
我赶紧点上一支感恩上帝的烟
一口咽下
像往野地上自由种下一棵有情有义的树
坐实了

269

天光作血

我的生命不仅阳光

且用且没完

不管你生活换什么版本

天然已我

270

好男儿采蒿秋水畔

幽香伊甸园

这个秋天

真会疼人

271

我的树在我的加略山上

我看不看

她都替我日夜迎风

272

小时候

我就听我明天的

放下包袱

用天活地上的

没错

273

一场雪

让离不开的人全散伙了

你的高贵在雪上

反复和我相遇

反复一笑了之

274

从善如树

上善若风

对我当歌

恩典几何

275

岁月疼爱每一只羔羊

包括我五十七岁童年

276

年代的弱点到处有我一份

我的任性一直不靠谱

算了

发个红包

一梦千秋

277

艳阳白雪

鸟声冰脆

东北没治了

东北确实上帝情人了

跟着我一年又一年

稳稳的

278

小时候面临秋天

能抓几个蛐蛐儿是几个蛐蛐儿

年轻时面临秋天

能和女生废话多少就废话多少

中年了面临秋天

一支烟想抽几口就狠抽几口

279

没有谁能彻底送走谁

很多事还不如眼看着不懂

坚决不懂

280

从春天开始

做一个比较有用的人

跟每一个季节都处成兄弟
让每一只鸟都能找到家门
使天空一步一步
蓝成我童年的样子
里里外外全是新鲜的欢喜

第三辑 来日方梦

1

谁的一生能像诗人

笔笔虚无

处处留神

2

顺眼是个硬道理

靠谱也是个硬道理

3

一个人群最无耻的时候

就是它眼看着同类倒地

集体把手插进裤兜的时候

——这张脸曾如何痛哭

我根本没有那倾听的福分

这张脸如今怎么微笑

我眼里都是一个问号

4

梦来不及想

想来不及干

笑来不及容

泪来不及咸

5

这个冬天的好处是
人怎么装鬼也装不下去

冬天的好处是
一扫来路不明的繁花似锦

6

为了内心的宁静
人是什么事情都干得出来的

7

即兴大地
诗意散步
逢场作酒
假的也醉

8

放来放去——
放心的钱越来越少，无论是明来的还是暗往的
放心的手越来越少，无论是刚热的还是握过的

9

——诗歌只是天真的别名
什么年代竟然能把天真变成是一件十分奢侈的事情

——诗歌只是真实的弟兄
什么样的生活居然能帮人活得面目不清
——诗歌只是岁月的眼睛
什么样的日子可能使眼睛无力正视

10

好男人不跟别人一般见识
好男人不跟日子问寒问暖
好男人不跟往事告别

11

好男人不给死人的心情添乱
好男人是纯粹现实主义的砖
好男人是地道浪漫主义的雾

12

草香水绿
八面临风
如果有人来
如果有人懂

13

春天待我不薄
我学春天本身
没有敌人

14

这个春天初步的美好是

反复借用了我的手

我的手反复送给了我

草木芳香的时间

15

风和夜的形同陌路

故意把人惹得身影作痛

16

没招儿——

岁数越活越嫌少

日子越过越想笑

17

并不是每一座高山都能让人看得远

也不是每一座高山人都配看得远

18

烦恼有时是莫名其妙的空

像点钱点出了纸的感觉

19

害羞费纸

没臊省布

我跟我童年的关系，挺好
对今天和人民没太上心

上学时养成了一种好习惯
把不愿意看的书打开
冲着自个儿
闭上眼，让书读我

20

失身好像比落叶的速度还快了

孤独好像比人口增长得还快了

21

顺变斑斓神未安

往事依然锁江山

一任东风不眨眼

一晌贪欢长河湾

22

搞经济的坏处是

一生在问题上用问题解决问题

问题有出路了

人成一张废纸了

23

哪有垃圾爱上箱

是箱总把垃圾装

24

天大地大不如哥大

流血流汗不如流氓

我们走在大路上

不怨房价不管忧伤

25

青春是青春的通行证

老狗是老狗的垄上行

26

太信鬼鬼就爱上门

太把日子当回事儿

日子就把你压得喘不上气儿

大事过去了

攒点儿心情

等着老泪纵横

27

跪求血色往事

天天挂在城东的门口

看看扑朔迷离的青春

换了英雄的哪一副尊容

28

开始的祖国开始了我的童年

最后的火焰书写你最后的容颜

29

自以为屎有什么不好

平心上天入云

欢喜即兴物我

30

海子可惜了只能替我们死一次

诗意可惜了只能关照你今生

监狱可惜了只能关一些正规犯法的人

母亲可惜了只能把我们生一次

31

头颅高贵了

人跪下了

也战无不胜

32

江湖无路择天庭

吾笑笙歌亦哭尘

33

我眼里的很多诗歌朗诵会

经常是一个发育不大的东西

你看呢

34

后来诗说

你适合做这样一个人

努力跟日子丰满的尴尬
溜达减肥

35

天若有情天亦乱
人间正道是孩子

36

本无人处处处云
本有梦来来来去

37

好在所有托词都不助人长寿
拒绝
就是自救

38

一个天才水有多深天有多高命有多硬
杀人用嘴还用刀
我们不知道

39

革命的根本问题是心情问题
人生的根本问题是表情问题
艺术的根本问题是心境问题

40

好男人不跟眼泪过意不去

好男人不拿自己太当回事儿

好男人不拿写字装神弄鬼

好男人不拿废话对付平生

41

江湖再静

不能忘本

不打不杀你江什么湖

42

国霾当头

愈显我大东北天光嘹亮

上天佑我

得过诗过

43

要是夜晚能照亮夜晚的阴暗

要是光芒能恪守自己的光芒

多好

44

几个词就可以捡起泪的流浪姿势

还可能捡着百度红楼冰雪枯荣

45

原来地久天长

疑似一行清泪

46

依次梦嫌春风早

潜伏华容待雨来

47

傻傻地数着天上的人越来越多

傻傻地掰扯身边的人越来越少

傻傻地替人反复活着

48

混到没有爱

满手全是情

一把伪幸福

到手还真开心

49

形去神归的

有一种分手比人身占有还舒服

香消玉散的

有一种祈福比刻骨铭心还永情

50

好男人活得象征

死得轻松

一生没有根本敌人

51

往事如金

繁华无比

脚下生风

一路香馨

52

哪个春天可以出轨而不接受报应

哪个报应可以出格而不有缘有分

春天的格局格不住春色的变局

谁都得离开今天的温馨

鱼翔浅底

痛爱前非

眼睛看不懂不断翻新的惨剧

日子就只剩下用不完的喜剧了

阵雨之前种棵树

阵风过后看新绿

53

冷也不争春
只把梦放好
歌舞升平烟如火
漫画刀锋笑

54

简单就是方向
从容使人健康

55

活成鬼
死成人
不跟蛤蟆讲大海的事情
不从新闻找童话的旧梦

56

留得青山在
以为君再来
喝完这杯酒
明月会相伴

57

世上没有无缘无故的人民
人间没有无缘无故的脸

58

这是一个检验结果的春天

因为希望已经没了

这是一个考验佛的年代

因为人已经没了

59

这是一个衡量人的年代

因为魂已经没了

这是一个叩问魂的年代

因为灵魂还没发下来

60

后来活不见心

死不见情

就是最尿性的海誓山盟

61

太阳最红

跳楼最疼

敢杀自个儿

不英也雄

62

熙熙攘攘

皆如蚁来
莽莽苍苍
全似鸟去

63

组织是利害的欲与谋
个人是性情的水和冰
不在沉默中变态
就在变态里装乖

混到死都不让人放心
那你还是活着吧
爱护自己
从装鬼做起

64

喜欢童话
她一哭一笑
一次性完成了人类一生都重复的梦
喜欢诗歌
这里充满了活人和死人
心连心手挽着手
团结起来往前混的自欺精神

65

总有一种眼泪等待节日

总有一款游戏等人伸手

66

幸福就是滚回孩子的年代

有人疼

幸运就是没事溜达到童年的门口

品味眼前繁华的事情

67

少年时读鲁迅

——绝望之虚妄正与希望相同

中年时看自个儿

——希望之绝望正与虚妄相同

水依山

山傍云

云里云外谁安逸

嗯

68

童心散步

改正错别字写就的前世今生

童心漫步

放下一身多余的年龄用不着的心智

69

诗意时时处处恭请人们要充分
发挥自己的水色阳光
不要依赖外在目光
要用自己的力量层层解脱

创心创新一切的文字语言
对于诗意之你都是过去浮云

70

没有谁能彻底送走谁
很多事还不如眼看着不懂
持续不懂

71

一个人诗意的程度标志着一个年代的心灵文明程度
一个人的诗意态度可表明你这个人有救还是没救

72

妇女节改成天天过
妇女才是社会和谐温馨的脸
妇女节改成人人过
妇女才真给国家长了脸

73

春天来了

遍地长出我们这样一厢情愿的绿草

街灯亮了

把一款大树不情愿活在城市的心思照得一丝不挂

74

国之命在人心

心之魂在诗意

75

好男人手机常丢号码不变时时开机

好男人顺风顺产顺情顺眼顺命而生

好男人把一座银行当一分钱用

好男人把一分钱当一座银行花

76

清明风清魂不清

好把今世当来生

花前我泪花下鬼

再度执灯翻笑声

77

春来花易发

红满落谁家

人去人来海棠静

谁能记取谁人话

78

分别就像分钱一样

越分越上瘾

79

女人不再会脸红的各场各种主义的进步思潮

让诗意之树反复常绿

80

长春有一种粗粗啦啦埋埋汰汰实实在在的美

一百年不变

81

北京把个体人给工具了

人很浮游生物

只剩下广泛的钢筋水泥

82

九月之秋像个嗷嗷待嫁的女孩儿

轻度失身重度失神

九月之秋像个腰缠万贯的孤儿

轻度眼明重度心亮

83

活着有理

死了没地

84

比如你把自己跑成了驴

也撵不上日子天天无耻的快感

比如故事让人进步

事故让人落后

比如韩寒给未来女儿提忠告

套好诗意安全带

诗意戴好安全套

85

假如生活诗意了你

不要悲催

不要焦虑

纠结的日子里需要淡定

86

暖乎乎的天气四处流淌

点燃一支烟

蓝色的轻舞无恋无想

87

面朝春天

对症下药

88

诗意的一天——

导向决定眼睛

名词决定胃口

89

春天

让死亡深刻不下去

春天有权利把自己放给了牛羊

春天顾不上草木长出什么思想

还有月光一样

明火执仗的马后炮

帮你把深夜的羽毛一根一根擦亮

90

有兄弟

转世为诗

入土生禅

不亦神乎

91

好男人太阳落了他也不落

好男人月亮升起也不影响个人私生活

好男人藏在哪儿都是部分国家表情

好男人放在哪儿哪块儿都不会平静

92

替我去者昨日之日已人空

为我念者今日之日多迷踪

早春万里送飞雪

银香素艳芳满楼

国是人非江天改

兄来弟往喜胜愁

93

国是红楼持续梦

民自曹公反复芹

——雾锁今生

94

春天还辽阔繁荣了每一个

正派不起来变态不下去的

大步流星着的

不明飞行物

95

生活
唯一的出路是反复接受诗意

96

祖国特色诗意女神——
子弹落下，你永远飞

97

知我罪我——
真相比黄金还重要

98

这个春天
借我种下了一棵树
一棵树
借了我几片绿叶
几片绿叶
借了我绿绿的时间
绿绿的时间
借了我打开你阳光喷薄的笑脸

99

跟疯子过日子
美学的办法是让他没儿子

100

这个春天

夜晚没有了蛐蛐儿的叫声

夜晚有灯光的地方也不安全

101

这个春天

青青柳树比兄弟们活得靠谱

雪莲花独处得比盛开的裙子还像样

满眼丁香清脑洗肺

我的收获是

借这个春天

及时换了一副心肠

初步打算

这个春天要什么我就给什么

我会把自己改装成春天每一种说不出口的愿望

让这个春天一次性热了

102

在幸福的前夜

所有苦难都是明天的灿烂

在自由的前夜

所有伤口都是未来的勋章

103

美好

让人迷途不返

104

汉语高悬

谁家过年不惦心丢了的孩子

105

三十烟花人与鬼

八千里路同和学

一味匆匆

106

假如她是你我的母亲

其实她就是你我的母亲

107

革命尚未诗意

诗意还没好透

108

当风轻轻放飞了叶

鸟哇哇放开了天

我才鸟么悄儿偷偷偷梁换回了我

109

鱼比人高

命比水薄

110

海上生明月

绝望生乱象

111

再正义的婴儿

也公平不过蒙牛般的母亲

112

让钱财变来变去让新闻躲来躲去让诗人兜来兜去

让子弹飞吧当烟走出我的肺

让丫头飞吧当早晚泼出去的水

113

返祖的雨

一味朦胧

114

不到十九非好汉

江山绵绵模仿我

不断幽默而灿烂

115

常识不是常识的通行证

阳光能化作刀光的身份证

116

撒向人间都是娇

一任诗意再现

微博世界

处处惊心

处处温馨

117

潘金莲手语穿男女

全宋词一梦越如今

平平仄仄仄平平

鲁鲁迅迅周树人

你是谁

118

花儿为什么这么花

汉字为什么这么汉

119

安娜说过——

决定女人情调和品位的不是脸

而是胃

120

我和我团结紧紧的

试看明天能怎的

121

枸杞入茶

已经指导不了人的梦乡路径了

责任算你的

还是我的

122

有诗意

人类不好意思死

123

一场诗意婚礼

超生出这么多诗诗人人

——小营路，了不起

124

历史与诗意共同合谋——

那一年

祖国必须选择我们的血型

125

面朝诗意

铁窗如春

126

人在江湖

谁不想人赃俱获

127

一个中国

多种诗意

128

人自魔方凭天意

处处修行诗不行

129

记忆

几乎是我们活着的唯一理由——

诗意泪飞

130

面朝大事

我有权保持不硬

你有权保持不幸

面朝天都

你有权保持不想

我有权保持不念

131

我们一起懒

我们懒着永恒

幸福

就是赖活着的路上反复放赖

132

汉语给你自信

除了时间

人可以一无所有

133

每一杯民间的清茶

都靠皇上卧榻的冷暖而保温

134

一年下来

叫我郭总的越来越少

叫我郭爹的与日俱增

135

恍然如梦

冰河上冰

明明白白人来了

叶问冷暖

树怜轻重

明明白白一句话

三千个日日夜夜

说了如梦说

听了恍然听

136

大城冰封雾锁

手上一味清影

依静以净

借我还冷

一字一退

繁花雪落

一步一念

眉上终生

一句一喃

大木心空

137

梦里恍然风在动
抑或树枝三两声
谁在身前
谁走身后
何必懂

138

春还没色呢
春天已经结束了
女还没孩呢
花朵已经落瓣

恋还没爱呢
青春已经披头散发
跟城市修不完的马路差不多

139

一个男孩儿
一辈子有一次像样的泪流满面
一滴也不给人看见
就够了

140

眼泪是自个儿的泉水

时代不需要

还破坏环境

141

上善若爱

分手若守

从命安心

无离无去

142

八月很多阶段性英雄又开始往监狱方向发展

八月人民持续性在群里和微博里围成热锅上的蚂蚁

八月之秋

东北天气已经挺适合翻脸不认人

143

五月

东北热得干净利索

毫无思想

144

八月

我打算感谢那些提速赴难的男人和女人

眼泪是自个儿的泉水
时代不需要，还破坏环境

我们一起懒
我们懒着永恒

是他们替我们预支了人性的弱点

145

后来人民发现
九月
集体主义的秋风扫下纷纷落叶
每一个英雄都无法叶落归根

天光浩浩荡荡
兄弟看不清兄弟
人顾不上人
你抱着一个字跑来跑去
我哼着一首歌任人宰割
这个秋天
叶不知疼
人不知冷

146

文文学学的
失身了多少汉语英雄
每一寸泥土房屋疯长
只要孤独不要梦
这一把
可能行

147

很多十字路口

我一迷茫

迷茫就把我救了

148

风来解雾

春天是检验诗意大地的唯一情人

149

道听途说的春天

来到东北

一夜之间被忙乎成了夏天

150

神往就是方向

失真就是失明

多少诗歌技术上巧夺天工的时尚英雄

提速明日黄花

151

秋天很具体

上天的话无处不在

一句一句清晰而嘹亮

152

月光越来越好

我越来越喜欢

远离人群

偷工减料

153

诗人

基本是欺负语言的首恶先锋

154

东北很具体

你旗帜鲜明这么秋天

我就反复不离不去

155

祖国很具体

你坚持不懈这么美

我就反复不移民

156

蓝天很具体

所有私心杂念都是浮云自诉

跟天真没有什么苞米关系

157

村上春树又没获诺贝尔文学奖

但他当上了诺贝尔文学奖市场上的专业难民

158

叶落千种耳语

句句芬芳不已

为什么呢

159

青春终生有效

哪怕啥也不干

160

神往天真

立地成家

161

顾城替诗意离开了女人以后

我就替人民远离了金属

——题顾城这死孩子二十年了之今日

162

秋天的女人倾向举目无亲

秋风预先告诉了她

以后的日子要靠自己

自己的女人倾向回童年去

那里的季节不欺负人

生来就孤绝的你是没有的

除非树

一心一意坚定了枯

风

视死如归着归

手

咬牙切齿着手

163

感动

是一个人自己的家务

164

草木绿出了兄弟

轻风吹来裙子

身前身后鸟语花香

差点儿忘了上班在什么的地方

165

国家无战事

本来打算用童心打发一生

没想到生活把我安排成了一个国企干部
要想抽点不花钱的烟
还真得忙乎出个有理想的样儿

166

国家脾气这么犟
惹得诗歌好心疼

167

汉语病了
配服中药
行
还是不行

168

秋天是个讲究人
东北秋天用好了
等于把一个衣冠不整的怨妇
改装成爱情

169

唯物人生帮助部分人
先天使起来了
也帮部分人一门子心思在家门口流浪
好事成双

170

太阳从来不知道她身后跟着人类这么一大群寄生虫

个别酒喝多的寄生虫

还惦记着想与日月同辉

阿门

171

翻翻微信

写点博客

群里即兴留言发图

人的交流隔帘如面

人的沟通切神切梦

这是地上新的人类活动

一阵开心

一阵心疼

172

上哪儿找去

一个年代能冒出来那么多诗意赴难人员

173

诗人挺字而出

只做了一件事

公开把说不清的人类

诗意得条条大路通天堂

174

幸福

就是无缘无故也能给青春当爷

一转身

给孙女当了回马

175

打从汉语泄露了

居高临下说话可以治颈椎病的秘方之后

人民就像货币发行一样

争先恐后着混乱

176

汉语的病情经常写在诗人的脸上

——让部分孤独先迈一步

177

以前有篇作文叫

——崛起的诗群

以后看到

到处是一群一群诗人的合影

崛起一群一群蚂蚁的合坟

写诗的人这点儿出息哦

死都不想好好死成个平民

汉语还没散瞳呢

哪惹来这么多西药中吃的男女英雄

178

秋凉秋爽秋草香

连夜不忍关夜窗

浓茶一杯烟一支

秋光步步铺满床

179

人生本来没有腿

地上摆满了路

你不好意思不长出个腿来走走

180

寡妇门前苍蝇多

只缘英雄太缺钱

真没整

181

羔羊天下草连天

谁得秋风识冷暖

秋天了

人民需要动词

182

秋天纷纷
天语叶落
春天缕缕
舍你谁我

183

天光眼里的人间作文
一滴顽固的酒
加半拉东北酱肘子
反复没够

184

坐地日行多少朝代
一脸无辜恩怨皇恩

185

汉语
有时候忒吃不准
一个我这样的好诗人
是拿什么布料做成的了

186

谁是天真的敌人
谁是自由的敌人

谁是神往的敌人
谁就是人的敌人

187

金花玉浦潜蛟龙
说破江山酒一壶

188

生逢诗意年代
谁敢长得怠慢

189

洗衣机里的汉语
怎么六神无主都是常识
汉语里的抱怨泪
怎么怒发冲冠都是撒娇

190

风驻万夏手中笔
流而诗意越人间

191

问罪昨天
解放今天
团结一致向明天

192

秋天美好

让我种下的树苗昂首举目

193

唯有人生

苦难可以化作另一种节目

194

留得青山在

不愁没孩子

195

天真浩荡了我

天真无邪了我

天真灭了我一生的古往今来

天真白瞎了我须眉洪浩之脸

196

听秋天的话

认真虚度每一天

197

政治就像丢手绢

经济就像轻轻地放在小朋友的后面

文学就像大家不要告诉他

文化就像快点快点捉住他快点快点捉住他

198

日子只剩下了一个专业

让你慢慢变老

我们只保留了一个爱好

就不的

199

人在画中命自行

诗有诗无运躬行

200

前不见蓝天

后不见绿水

念天地之汉语

独泪横而无言

201

天高云暗

望断英雄没有汉

人民反复缩水

可怜见天一回蓝

202

尺度决定敌人

谁见过把尺的用度害死自个儿的人

203

天语落窗闻旧问

去日花残无新人

204

冬雪纷纷

把很多人下没影子了

纷纷雪线

把很多要命的事封死在冰层里

再出不来了

205

我说雪雪就漫上枝头

雪意弥漫我把漫天雪花看成梨花

雪似梨花灿然绽放

当风吹过恣意飞舞

像一首宋词应运而生

我是上阕你是下阕

我含素淡之香你携清爽之韵

我听清泉之潺潺你望明月之朗朗

我洁净柔弱无声缓慢

你超然淡定坚实肃静

206

当春天悄然而逝

梨花在故乡的山坡杳无踪影

我只有从文字中找寻你的足迹

只能从远去的春天中眺望你的声息

片片无根的雪花从眼前飘过

闪亮而短促的轨迹

207

早春三月

裙子依照鲜花的信仰

层层盛开

中原犹如长安的梦想

平平仄仄徘徊

208

地上的人太聪明了天气跟着深刻得满脸阴霾

上天太天真了地上的诗歌已经深刻到上天根本看不懂

209

人生本是多余物

步步谢罪近感恩

210

春天越来越春

儿女越来越梦

211

雪上悬梁多少月

笔下生风不见娘

212

一天又一天

一年又一年

春天风有多么自由

人就应该怎么办

213

本来偷梁换柱

到底身首异处

214

雪色春光二月风

树木霜天云上冷

风清日暖伊人远

自在飞鸢由梦牵

镇日浮沉云渐断

一字上下画婵娟

215

走

回家乡流浪去

216

天语面前

哪来的什么大诗人哦

天风落地

布下神迹的三两块尿布

唤起地上

一路狼烟不已

217

时候正好

清算自个儿

218

春天开心

桃花开眼

泥土开门

冰雪一转身

春光就把东北洗礼得干干净净
起身
大地扬起一片青香美人

219

雪上人生
手跟手反复分手
手在手上
越来越可疑

220

时光进入底线思维的年代
一只像上上签的风筝
咋飞都像飞着一个字
悬

221

早春三月
雪上村姑还没缓过神呢
岭南花柳
已经披头散发一脸是汗

222

天是真的
人类混战于各种技术工种

一打发时间

二打发大米

223

早春看冷月

自语诉清明

224

诗人为什么急于有生之年自证经典

诗歌为什么忙于现世自我盖棺定论

225

上当上出了瘾

失身失出了神

完了呢

226

汉语赤身裸体

自由一丝不挂

你不任性找不到家

227

诗意

只有诗意

才最有资格在祖国专门流浪

228

东北是新中国永远的新娘
反复的黄浦军官学校

229

秋天验收了叶落的进度
雾霾统一了人民的心情
资本来到世间
原来是这么回事儿
地上名词越来越新鲜
可惜这天哦
有点儿越来越不要脸

230

世上没有无缘无故的长春
也没有无缘无故的长春记忆

231

有事国家会处理
我们不必担心

232

少年心头多乱象
于是今天怕看天

233

那时年少我独尊

如今麦田不见人

那年羔羊东奔西走

青春做证

人从没苦过上天

234

在地上

总得用青春一样多的废话

挂满人间

235

太阳最红

青春最亲

236

诗歌没什么资格比生活更苍白

诗意有资格让日子更多彩

237

深刻了一个冬季

春天了

好想轻浮活一回

238

青草羔羊好

人间跑一回

第四辑　实事求神

1

一个天才只能欣赏不可复制的飞翔

天才面前

所有的体面都值得怀疑

2

雪只能雪成雪的样子

我只好好得越发像我

3

白天已经看不懂了

黑夜还有点儿想象余地

大路斜挑着一面晴空

上边只有两个大字——孤独

4

不谋不取

心安地安

不要不求

得风得水

一声轻笑

人比泪咸

一语经年

梦比蜜甜

5

从来雨落花溅泪

不由分说鸟惊心

声色犬马

累月经年

草木水石

韵味中天

谁的安详比得了绿树的思想

轻重俺不知

自在风应晓

6

一句话

暗算了一个年代

三界唯心你觉着了吗

万法唯识你够着了没

聪明人好像有不少聪明的死法

混到底还是个落叶蜂拥秋风里

7

枕边倚书

梦里悬月

天和地平

不亦乐乎

一盏清茗

尽洗尘心

8

放眼盛世多惊魂

非常人生怕新闻

9

天性沦陷善良

真爱当下迷茫

10

一叶重生在别处

夏花秋月两不误

11

从容从变

从变从容

同一种皈依

在人在魂在骨在肉在你风里

同一种皈依

一念转身泽本泽来还泽去

12

生无前台

死没后院

在世出家若许年

不计冷暖向天边

去粗取精菊岚紧

弃繁从简自由花

安心无着空有月

漫山旧梦始见君

半清半幽

无主无意

13

执着了

就有一副枷锁给你备着

自在了

就有报应摸你的手

14

香山叶秋

君子好楼

以不想为念

八面来风了吧

15

诗意在手

天意够用

16

泪痣无力泪穿孔

来风一味向晚行

若信如许真实语

三生还听一楼钟

17

诗意眼睛不在于让你看清了什么

诗意目光可心在你能开心地看待一切

18

有的月不忍亮，有的墙不忍摸

有的人不忍想，有的事不忍看

有的梦不忍做，有的哭不忍声

有的笑不忍容，有的风不忍吹

19

路上丢了路

心上失去心

20

刀锋怕热不怕冷

随时出剑输也是赢

21

要是我说你万岁你就能万岁多好

要是你让我永远我就能永远多好

22

谁开心谁委屈

天不知情而碗知道

23

因了命里孤独

必创一座自己的广场孤单

24

心空手不空

害人害己生

25

要星座还是要可心吧

诗意在手，失意够用

用昨晚的月亮 照耀 今夜的星星
真不行

放下昨日还是放下今身呢

26

在一个廉价的年代

我不忍心流出纯个人的眼泪

27

孤单比牵手更幸运

孤独比相逢更幸福

28

用昨晚的月亮

照耀今夜的星星

真不行

29

现身献不出根本的泪

忏悔找不到原始的门

30

——孩儿啊，你好像恋爱了吧

——呵呵，是春天的欲望联想到我了吧

31

前因从来茂密

后果确实无人

32

人生很矛

诗意很盾

33

与人相爱

人爱你了没

与地谋地

地同意了吗

34

一个人的天意天很清楚

一颗星的茫然夜很无辜

35

风情万种为过客

梦里依稀还故人

郁金香暗度罂粟

满眼空花满天真

36

问题不要紧

只要能安详

乱世祥云缘君驻

任风任雨笑你狂

37

喘气的都是俺孩子

不喘气的都是俺的死孩子

叮叮当当喘气的都是俺不放心的傻孩子

38

人在前

魂在悬

一木深远怕相连

绿水青山儿女多

39

精神没有出路而天天精神

哲学田野调查以后继续哲学

问题隔夜科学以后再问题

40

其实鱼群通胀是对孤独的惩罚

是对主导和谐欢喜和梦幻胖人胖福的恩赐

41

相信天良

冬暖夏凉

魂系诗意

一生明亮

42

再富富不了诗意

再穷穷不了诗意

再伤伤不了诗意

43

九月或其他什么月或日

看着枯树桩子

往里边种上一棵小树

一种缘，一种愿很滋润就长出来了

不信你试试

44

平常草木平常树

平心至简即峥嵘

浩荡秋风如是说

45

天许相守

地不由身

这是信仰解决不了的生存问题

46

原来绝是对出来的——

哪里有绝对特色

哪里就产绝对专家

哪里有绝对正确

哪里就产绝对无知

47

一棵树告诉我

谁始谁终

立地流芳

48

离天空近一点

就是离诗意近一点

49

我穷在穷尽一生

能与童心之念媲美的自己

少得可怜

50

秋临长河

水深鱼浅

一棵旧时闲插柳

依石青青没我身

天网收天

天风洗地

51

脚疼全靠酒后一步一步不靠谱儿

心疼不如逼暴风雨来得更崩溃点儿呗

52

自觉觉他

自解解人

53

出生的孩子会总是瞌睡

因为上帝等他上微博

54

漠视童心

违背天真的人和事早晚都会遭遇现世报应

不是诗意特色的问题

是有诗意和乏诗意的差异

55

信，不凭眼见

望，不至失望

爱，永不止息

——这些都是因着诗意

56

世界属于诗意

诗人等于指针

57

童年童话与时俱诗后

前世今生与天俱云飘

58

初发心之时

正觉诗意怜天

59

有一种获得是恩典

有一种生命是满溢

有一种福分是永存

这些都藏在诗意里

60

诗意征服罪恶荒诞

让时间准一点儿

61

人类的顶层设计只能是童话

童话的人间安排是国家

62

我们不能离开死亡
我们能够改变她的诗意面孔

63

人生遭遇天才
幸福等于缺氧
我们必须拿起武器
消灭闯进内心的法西斯

64

石头也懒得明白
那么多聪明过度的风
流浪而终

65

窗前
几只鸟永远可持续着
吟诗作唱
还不时琢琢羽毛

66

人间是生病的地方
人间不是治病的地方
我们生下来就病了

病情里的行情

迷住了一代又一代人的心灵

67

独坐冰雪花园

独步嘎吱嘎吱

怕冷的人可能已经睡去

一个人跟这么辽阔的寒夜在一起

有点儿像一生一世的夜

替我放下过去

68

谁跟谁一起生活

能牵出这么冷静的月亮

和这么无欲无求的寒冷

69

一碗水里的一滴油

随时圆满

随时翻船

你是独处的一叶在手

水远风飞

到处都是兄弟朋友

愈不努力愈随缘成树

70

心念不为人生
路过没有执着
棋子自在放舍
旗帜无浪也行
回忆像歌声带来新生
谁的青春这么可人
反复替我
莫名生动

71

一地的冰雪
删除了人跟人相处
不是人的可能
冰跟雪相处
多么合辙押韵

72

心肺合十
祈福安好
远远活着
自语做到

见天见字

如君如渺

走雪踏冰

回声伴笑

一个人的心事

两个人知道

美就这样

越轻越好

73

一月云南

阳光帮你放下所有人类多余的思想

74

童年都忘了

一生多少身外辉煌

可慰安详

75

诗意胸襟——视天下儿女为己出

诗意道路——视天下无路之处皆为路

诗意理论——视天下所有理论为诗在意上而已

76

诗意人生指数——

不在你写出多少像诗的字

且看你活出多少诗样的人

77

你我无限

不抵一息人间灿烂

天光渐散

逝去谁的光彩

从心徘徊

年月不改

难耐了谁的无奈

缠结这话里话外

78

一座春天

不如一杯茶水活得明白

锦绣江山疑爹娘

一半慈祥

一半倦颜

79

正确认识秃头上的南瓜

和准确把握虱子脚下的蚊子

是关系一座人为的春天

生死存亡的大问题

80

五月在手

像春天何去何从

拿不定主意

羔羊奔向碧草

天使窗上阿门

81

五月开弓

直指春夏之交

选一款什么心情

让眼睛视而不见呢

82

秋天路过人间

秋风亲自了解了语言

秋天用秋风解放了所有草木春梦的执着

天色越来越少女

鸟儿越来越盼望过冬

谁学会了秋风的一无所有

安慰无欲无求的心主

83

秋水深处
一头鱼的冷静
已经超越岸上所有朝代最新出炉的哲学
捡一枚智慧人生的完美落叶
手比风疼

84

信由心生不在庙
我一直这么感觉

85

想看青天遇上了云
没想知道雨落在哪里

86

后来秋天总是水落石出
才让我们真相不明

87

把一次人间之旅
用有限之利害
集体安置为无韵之人生
这种文化设计无论其动机出处多么有理
都是反语法

88

每一种逃亡

都是前夜英雄

89

诗意做上帝近邻

天意送我们天使

90

女人照亮女人是光学

女人照亮男人是神学

91

文如其人

你我一生在路上

人如其魂

天意童心始天真

92

一张白纸上的黑字

得天意者得诗意恒久

失天意者失诗意天下

93

诗人诗语和赞美诗诗句

像地上的诗歌与天落的天风
什么是一时大地上的繁华
什么是蓝天一样的天真永远
孩子都能看得清清楚楚

94

要么心比命高
要么命比心好
要么是童年的牺牲品
要么是童心的战利品

95

童心散步
改正错别字写就的前世今生
童心漫步
放下一身多余的年龄用不着的心智

96

我没法垮在大地上
我的灵魂已经按揭了天堂

97

后在来上
女人都是天使
日子一刀一刀

把她们跟自己走散了

女人都是无辜的

你从自己的无辜

发现了人类的无辜

你就成了天使

她自己的无辜

走向计较他人的无辜

她就成了怨妇

98

手上天风足够

何必忙忙乎乎

天真本来价值连命

人间用不了那么多废话和主张

99

地上的事

天上去看吧

解怨又解馋

100

神往者归神

今夜我就这么想

101

天真感的眼睛

是无法伪装的

天真不设防

神往只往神

102

地上的事情能看到的很多

能看懂的很少

能看下去的说不好

103

东北首场大雪告诉我

无论你用什么名词画地为牢

用什么手段化牢为地

都是与天意过意不去

104

人最幸福的是

梦醒了天路洞房花烛一样盛开

不信你试试

105

女人去爱美

男人去欣赏女人的美

106

孩呵

你别哭

为了你双眸清溪汩汩

树也忍不住流成绿色

石也禁不住跌作晚风

107

诗一直没写好的好处是

一直想写诗

人一直没爱够的好处是

一直惦记人

108

人到中年

主要业务就是把自己解散

说天能听懂的话

散养出一个新童年

109

世事洞明皆天意

人情练达即我家

110

谁让人生天真

谁让人生失真
这个问题是诗意的基本问题

111

痛入骨髓
爱意还文
立地轮回
不亦乐乎

112

我们全是羔羊
上帝把草地借给了我们

113

地上刀斧少
天上白云多

114

雪花是那样
看透自我
解放天下

115

世事洞明见天意
人情练达怜诗文

116

雪色欢颜
静抚心田
一句一句听人心愿
一生一命更新世相
时时刻刻仰望童年

雪花翻卷
一把童话的钥匙
一地笑声一地冻红的小脸
谁不认识自家房头上
青青白白
拧来拧去的一款炊烟

117

羊群飘来飘去飘不出草原
雪花见人再不见天颜

118

去矛失盾
魂在先行

119

雪上东北

每一个上学的孩子都是一身童话
每一个劳动的人都在立地修行

120

冰雪让人无处藏身
天光送暖
暖若母亲

121

雪上人民
他们生得高大
冻得本分
吃着乱炖
一脸单纯

122

末日之前
天天节日
日月之间
反复丰乳肥臀

123

选哪一首诗会无动于衷
选哪一支歌能安静如雪
哈利路亚

假如生活哈利路亚

124

与一场雪的战争

一开始就注定了失利

它不吹号角，不发光

猫儿经过房檐

一来就铺天盖地

走后了无痕迹

125

雪采取无辜的表面

与邪恶毫无关系

雪和童话互为背景

把纯真做到极致

却随时可以弄你一脚泥

最妙的是它从不抱怨，发怒

甚至声都不出一个

但一出场就赢得全部赞誉

126

雪甚至没有重量

然而迅速覆盖视野所及

并在最后深踞大地

雪早就洞察了人们的期待所指
同时深谙延迟满足的心理

127

雪和顽童嬉戏
为佛学代言真义
与山川大道相偎依
雪熟知人间险恶
大隐于幽谷高峰
只偶尔到市井轻狎软语
识时务，知四季
出场美丽，落幕留余

败于一场雪是庆幸的
它只用短短一生
就道尽了所有秘密

128

时光洗去时光
新人代替旧人

129

美
到欣赏为止

神

到向往为止

130

天喜不在人得意

风来何以计青春

祖国

向神而去

131

上善若天

临水若你

132

当我们水至清时鱼在哪儿

当我们人至察时魂在哪儿

当我们情至爱时恨在哪儿

133

文学上最怕自作多情的英雄汉

而诗意就最勇于一厢情愿去单干

134

女人的祖国是恋父

男人的信仰是眷母

我们装修得一脸若无其事
每一座春天
都能认出来你和我

135

良知和美好
是先天的共和国

136

细数天光
一粒一粒成熟

137

不是举起昨天的手
打上今天的脸
就是举起明天的手
打上昨天的脸
——时间还是比脸圆

138

把玩笑开天上去
是一个天人共梦的好办法
我就爱上了今天
所有的暗

139

一条河再聪明

也不会水往下

同时

身往上走

140

装神弄鬼的汉语

汉上了瘾

锦绣江山的神迹

草不让绿

141

龙抬头上血

祸福哪边行

142

诗歌好在人人可发神经提天问

还从来无力回答

143

羔羊

替我奔向草场最绿的地方去

天边

哪里阳光灿烂哪里就是我童年的脸

144

地上用金属和子弹
指鹿为马的时候
天会和你在一起
让所有沉默的歌声
风一样相伴

145

与天为伍
无从孤独
与神为伍
童话今天

146

汉语来到世间
全心全意
在地上补天
天
急得天天出冷汗

147

人间
公一直在纸上
平不了地面

148

春天是我的核心事业

什么刀也拦不住

春风是上天颁发的恩情

什么孽也黑不成

149

借梦如来花还草

留神向天身作云

150

人间道是没有理

天光暖处好感恩

天路人尽遍地歌

云来风走到处我

江山自成心自平

春暖花开水先冷

151

背靠汉语

背上用不完的十字架

面朝天光

一生语焉不详

152

一些词补天
一些人赴难
水在下边
水在上边
水
不在人一边

153

汉语来到人间
除了帮人失真失性失神失我
没干什么与天同心的好事

154

四月是一个清清明明的季节
适合践行春天的主张
复活

155

早起
孙女知道今天要离开长春
离开爷爷奶奶了
吃完饭就要画画
——你画的什么啊
——爷爷奶奶和我呗

世界本来没有什么意义

扯淡的人多了

废话就喜欢码出个诗集

亲，空气污染严重，出门戴上口罩吧

乖，俺已经换肺了，放心吧

——你的脸不是胖乎乎的吗

——纸太瘦了

画完了

她把画贴到了她睡觉的房门上

——明年我回来看你们哈

小小身影一转

没了

屋子也跟着

瘦了

156

这个秋天

故事不断认识我

我不断用故事认识

不相识的人

157

苦难和幸福是一样的

人多嘴杂

把她们弄乱了

158

谁跟童话过意不去

谁就死在童话面前

人同此人

神经经神

159

春天和我神交心许

挺身替我走在所有语言前面

160

三月物换星移

天风谁语

今日魂去神留

地吟我声

161

地上人类装聪明

天上白云看不懂

162

诗意自觉

禅意自觉

天意自觉

一个人自私自利之心自好了

幸福得

无中生有

163

人人理解春天
使她的孤独更加深刻和饱满

人人喜爱春天
使她的美好像我一样无处藏身

164

人人都是免俗大师
只有大师能保证
人人都不免死

165

人洗澡行
人洗礼人
不行

166

诗意自觉
禅意自发
天意自在
雾霾清屏
地气眷人
春色上升

167

天
一直笑我
想了想
我也笑了

168

人和人是很容易走散的
云和人一直没有离开

169

三月
生活出于艺术而高于艺术
形而上天的哲学
开始指导汉语直辖的人间烟火

170

这个三月
唯物写实手法四处漏风
神秘穿越刀笔无孔不入

171

我心里有我的地安门
上边站着的不是靠不住的人类
而是天使一样
散步的云

172

汉语来到世间

一直养不好一位天使

还顺手废弃了一路上的天才

173

天

是用来神往的

不是用来手挡的

天是拿来顺的

不是让人顶的

174

三月

人在忘恩负义里谋生

春在流里流气里逞风

同志们辛苦了

汉语也闲不着

175

神往是不用教科书的

爱只能爱了

哪怕爱只能在路上

飞蛾之恋怎么可能冲过夜窗呢

你用尽一生的力气

可能也够不着你热爱的灯光

176

要天真

就要有牺牲

诗人为什么急于有生之年自证经典

诗歌为什么忙于现世自我盖棺定论

177

诗意人生

你有权和生活平分秋色

178

愚蠢的一个问题该是：诗人是怎样炼成的

平常的一个问题该是：诗人是怎么平常不过百姓的

179

凡在天堂中所见

必于人间过边缘

180

你无法看到黎明

就把黑夜当赞美诗欣赏吧

你无法听到真话

就把所有天风当耳语吧

181

诗意是人生倒逼的大地之花

你不盛开是不行的

天意是人性的神往之旅

你客居什么朝代也挡不住的

182

汉语悲欣诚如老家所预

世界上怕就怕“平常”二字

183

一棵树怎么应许

以梦为本

顺路今生

184

汉语频繁皇土试法

羔羊从来以身取神

185

耳语重生

流通自证

自由造句

人魂合神

186

诗歌像汉语的地上圣经
离地三尺就失灵了
云上太阳有多暖
只有一个人自己知道了

187

汉语拼音不了实事求神
青春画饼约等于精神移民

188

方圆汉语疑无路
即兴神来又一年

189

生活是平等的
如果你把自己摆平
人生是不公平的
公园也横几座山

190

天不言而喻了地
诗不由分说了你
画删繁就简了神
人喜忧参半了我

191

汉语坐怀不梦

验明正魂

垂诗挣扎

192

生活就这么两下子

不始乱终静

你活不出圣经

193

人小给天

他还是用不了

命短给神

他还是受不起

心窄给海

他还是看不着

诗好归意

他还是韵不了

194

第一滴血

第一滴血母亲就让我发觉

自己的哭声也是一个英雄

195

领导汉语的核心力量是中国人民的儿子

指导山河变幻心情的时间基础是上帝放下的一声叹息

196

看吧

你把汉语累得都没人样了

197

天学之外

地上基本诡辩成灾

198

爱诗的男人基本是圣人

爱诗的女人里外全天使

199

英雄频繁前方死

汉语反复后边忙

神是我一样的云

飘扬飘逸数羔羊

200

万恶人为首

自悔祈安福

201

正义之剑人难见

今生汉语神疑真

202

神的面前

所有大地的旗帜都是抹布

羔羊是无辜的

相爱吧

人生没太多好干的

203

唯有汉语多险恶

善于人鬼游戏分

204

打开天窗说神话

地上人生天上家

雕栏玉砌神应在

朱颜渐变百合花

205

没有天哪有地

没有神哪有你

多么春天的生和死

惹来那么多余的哲和学

无上讲理

206

目光迎刃是为了

准备蔑视一个时刻

血泊轻旋逼人预感

绝地呼声迟早会传到千年以后

207

后来诗说

打铁还得铁是铁

灭鬼还得从头越

208

白纸福如东海

黑字寿比南山

汉语欢喜无路

蚂蚁一生穷忙

209

一个人的大学到如今

真不容易

爱家

爱成了人去床空

210

晚上九点一艘客轮在长江翻船

大部分是老人和孩子

遇难四百多人

儿童节也没节出去

悲欣交集

211

羔羊面世

声音都尽量让身上的云朵无动于衷

羔羊算不清

谁祖了谁的国

谁肥了谁的沃

212

东北秋天

一言不发着法定了炊烟

你习不习惯

眼前公平已经用完

213

雪一下便是一生

她安静自己

从不去倾诉

214

就这样吧

坐怀不梦

望云当你

215

这个秋天越来越认真

每一朵云都在认真举一反三

一只红蜻蜓认真落在草叶上

在我手指的认真斡旋下

认真飞入一只青蛙的血盆大口

216

就这样根深叶茂了款款耳语

就这么天知地知了执子之手

217

雪的眼神中

藏住了天堂的软弱

雪的爱谁说得清

雪背负的幽怨谁听得明白

雪来雪去不是问题

深深浅浅一身答案

218

活着是什么做的

死亡是什么做的

神告诉我

你闲的

219

长亭古道

北风瘦狗

去的是绵绵雪夜轻抚双眸

来的是冰河深处裂骨呼声

220

这秋天显然预谋了天心

羔羊哪里走哦

地上尽是生生死死的老新闻

奇异恩典

如诉你我

221

恨

解放了刀

爱

解放了人

222

诗语常年兵荒马乱

确保了人民

从来不看

223

一棵树怎么清楚

青春就那么两步

不是挨刀了

就是哀伤了

224

医巫闾山哪儿都挺好

如今累了

缺点儿水

225

天

按不按理出牌

人

只有祈祷的份儿

226

人比人

是人不是人

天比天

悲催可以喜

227

钱用人的时候

越来越多

人用人的时候

越来越少

大地走神了以后

人民好像散瞳了

228

汉语来到世间

每一寸欢喜

主要靠偷生

229

你习惯了大敌当前跟人抱团取暖

习惯在人身上找出路

无事也容易生病

230

我们被生活看透了

我们们不了几天

今生已经没影子了

231

秋天还适合

把比较具体的赞美诗种进土里

一身天光地气

两袖不沾忧郁

232

普天之下莫非白纸

率土之滨不过黑字

春天的美好是动手动脚

春天的美妙是有树有鸟

233

少年人的你死我活

跟当时时兴的“阶级斗争”一点儿关系都没有

跟男女情感也一点儿不搭嘎

就是个下手

江湖才立名

234

生命落地

只想飞翔

星星落地

估计也会差不多

235

某年某月的某一天

春风反复拼音一张漏风的脸

人鬼了

顺便落个仙

236

地上很多事情

天上才能办好

上天无数应许

上善若你

237

特种兵

特种兵只有一个念头

到对手的身后去用

匕首捅响生命的最后一道门铃

238

特种兵

特种兵生来就是一场冲突

特种兵生来就是节奏以外的节奏

特特

特种兵特种兵

兵兵

239

仗剑欺人者

一剑了之

依鬼蒙神者

魂归一鬼

第五辑 天人合诗

1

为了在转轨年代绝不盲目失身，慎防纠结，从自身抓起，首先把2011年核心方向祈祷在把稳定诗意心情当成首要任务，抓紧抓实。

2

你们“80后”全是当代人性、人格、人文的革命家。

3

大路斜挑着一面晴空，上边只有两个大字——孤独。

孤独一向是我的军旗。我用它拒绝招兵买马同时却招揽来了你黏糊糊的热情。

4

预挽兄弟第一人，经酒桌上大家严格论证，科学评估，终定为身缠各种绝症，每天诗意缤纷的诗意天才活鬼吕贵品——先走一步，兄弟共赴。

5

吕贵品一愿——人性的我们边疆来来往往，诗意高悬，全面盖棺；

吕贵品一禅——谁是我们的诗意，谁是我们的深渊，这个问题是有限人生的每一天的首要问题；

吕贵品一叹——兄弟喜爱，姐妹寂寞，但为我故，不死不行；

吕贵品一答——我的绝症诗做主。

6

成长就是反复借世界看自己。

7

现在活着的吕贵品，他用绵绵不绝的大善千方百计漠视人生苦难，朦胧世间恩怨的天才本领，着实为兄弟们活生生创出了一条难以复制的常识人生反常识的革命之路径。

8

你讲了好多故事哦，你讲的时候我并不太想听；现在我在故事里，好想听你接着讲哦，讲一支歌去声不散的漫天白云哦。

9

谁家菜窖没个门牌号码呢。

10

诗歌是拿来帮人活下去的，诗意是拿来帮人领悟天意的，最近看谢冕先生嗜血热情那么高，那么推崇以身试死的海子诗歌之重要，疑似倡导诗人反复卧轨，才重要或美好。这老爷子正派得有点儿跑偏了吧。

11

好的建设就是一种更美好的批评。

12

面对各种不同规格、复杂多变的文化浪潮，东北人都能够以静制动，他们是率先把世间万事万物广泛四舍五入的专业户。

13

精于生敏于死的东北诗人朱凌波，一言挑破了这片泥土深藏紧裹的荒凉问题。

14

完满的人生应该时时忏悔才可能做到，我也挺想整出个郭力家特色的完整版，我估计我的体格不行，但我坚持每天自省欠下多少账或情，没什么忏悔创造点忏悔也行。

15

老家新年自志：即兴文章应做尽，在世出家只问花；白莲静水云开暖，深眸浅笑洗荣华。

16

没上即没下，无尊何以卑，东北人滑出了母亲这座宫廷以后，就再也没见过自己心里能认可的城，天方地圆的，这辈子咋活都行。

17

这帮人儿像风一样落地，这帮人儿采用五湖四海的姿势和大江南北的动作盲目撒籽，这帮人儿纷纷争先恐后，语无伦次地嘹亮出生——这帮比美国西部还来路不清的五谷杂种啊——命比冰还硬，魂比风还无主。

这帮人哪，除了热火朝天、咬牙切齿地现世唯物，别无他路，东北人衣锦不思还乡，荣光无处耀祖。

18

在节奏感和思想性的有力节拍里，我能触摸到他作为这个时代的逆子散发出骄傲的清香。

19

五十生日自题：留住眼睛，剩下天真；心挂清月，痛饮天风。

20

思想，到这儿就想不下去了；道理，到这儿就倒回去了；梦幻，到这儿就尘封了，冰天不相信柔情；交往，到这儿就等于潜规则出水化芙蓉——我最后能得到点儿啥呀？

讲究，到这儿只能在兄弟姐妹之间进行局部私通。哼哼，东北人有多么简单就有多大的神通。不信，哥们儿，你就处吧，半道上指不定谁先跑了谁落了个一身病。哼哼，他们对所有身外的风，天生就感到靠不住。

21

当代汉语文学宿命——我以我血荐撒娇。

22

男女平等，贫富平权，兄弟平和，人魂平伏，天人平衡，生死平静——我的造句句做主；我诗意我枯荣我人生我不懂。

23

这个春天印证了我三三两两的诗意举措有情有义地落地生根，随风辐射——我移栽在长河边上的柳树、木槿、槐树、红枫叶树……都活过来了。

24

春天印证，轻蔑严冬的最好办法就是你默默抗住了一切，轻快地往前活着，回头一看，那么铅云低落的日子，说过去就一下子没了。

25

死亡也是一种生活方式。

26

任、认、仁、忍。

27

春天印证，春天是你最诗意的兄弟姐妹，她不管你有没有北京城市户口、身份证、停车证，她浑身上下只接收美和梦，她从头到脚只反复送走该走的，出生该生的——河水刚刚送走了残冰，我的这些树就探头探脑着绿了。

28

在仙棕榈和一朋友喝茶，发觉，应该自观自己的记忆由来，应该诗意白描自己的命理故事。

29

这心情跟纸糊的似的，上午还玉树，下午就临风，满脸寂寞开无主。

其实以哥哥为本，以弟弟为纲，以姐姐为母，以自己为枪——最有资本当流氓。

30

没有对于诗意的本能，就不会有对现实的热望，大江南北诗意滔天，我不爱她她恋你。

31

我们今生有能力、有义务全面彻底解放我们孤独无靠的儿女——他们应该比父母活得更明白更轻松更觉悟。

32

我们谁都没有死过，我们这些天生靠天吃饭的庄稼，最后只能自个儿收割了自个儿；我们活得词不达意，适宜预挽出身后鸟语花香。

33

我呢，我不这么操办，又嫌情意这么神圣的东西一直没一个量化指数，常年来把江湖搞得很乱。嘿嘿，是应该试试摸一块具体的石头，爬过人情世故之河了。

34

对朋友，我习惯到欣赏为止；对钱财，我乐于看不清为好。山山水水等了我们岁岁年年，我们能拿出多少时间、多少诗意心态与之相伴？

35

文人专利在炫疼，所有文学上的失恋都没影响她现实中的热恋，自由的别名是借口。

36

这件事让人不得不感悟，多少事，应该摆在你我今天办，多少话，不留逝者听哦。

37

心，跟刚刚出炉似的，看啥都新鲜，瞅什么都想笑；我怎么跟这人间混不出个有板有眼的年龄感呢。

38

呵呵，妈妈，我的生日随行就市，请你永远笑意融融看着我，我随便价廉物美一下子，就够我冰心玉洁着受度一生。

39

郭力家这样的人，诗意致命，揣着明白装糊涂之人——诗意轮回期间，俺身不由你。

我还爱着，天还亮着，树还绿着，诗还意着：人类全幸福了，我还爱不爱写诗歌？没把握。

40

当时情景，刻骨铭心；人生百年，脆弱草木；轮回往来，几回笑声；是故，我们开始行动——旗帜鲜明地死在活处，不亦乐乎？

41

我一直对去直觉、去当下现实感、去年代感、去国别的画面感相当好的诗，心怀敬畏，难以下咽，其实这始终是诗歌的一种现实两种存在。有一类当代诗歌隐去作者名，完全可以当外国好诗歌读。

42

时间是检验我们魅力的唯一尺度。

43

俗话说有情人终成眷属，熟悉的故事也这么讲的；有心人终成神属——是我想的。熟悉的故事天天在我身边，故事里的人经常不知道，我一边看一边想，这可能是一种天意。

时间是检验我们魅力的唯一尺度

谁家菜窖没个门牌号码呢

44

想起诗歌给我带来的一种好处，帮我站着说话不腰疼，好喜欢这样的自在和自由。

45

熟悉了祖国就熟悉了什么能让人由恨生爱，熟悉了东北就熟悉了什么能让你由爱生恨。

46

人生太美，抽不出时间老去，于是我说：一次人生，好在一次了性；一回爱情，好在一叶障目；一遭遇你，好在一梦不起。这人间除了爱，我拿不出来啥。

47

写诗可能基于自己的感觉与语言之间抑人的悲剧关系，这诱发了我的反抗热情。

48

生活和人的真实撕碎了人为的精神面纱，钱，让人和梦站起来了。这一夜不明不白的风，把价值吹成了价格，把激情吹成了落叶。

49

诗意爱情，是很美很想天天落地的一系列动作，让你总是浮躁浮肿般浮想联翩。

50

诗歌作为诗人给自己捏造的解放区或红灯区，无论诗人在诗里长吁短叹还是引吭高歌，我们都没有理由以正处级领导的口气责怪诗人文不能安邦武不能定国。

51

诗人的娱乐精神无可厚非，就像饮食男女一旦性情所至，偶尔违反劳动纪律。

诗人最大的失误不过是用竹篮打水，杞人忧天或者随地吐痰而已。

52

天才光照人间，发现人生只是个临时现象，我们都是些重复往事的临时工，我们只是在自作多情的路上跑得比较远，像热锅上的蚂蚁似的，回不了童年，再也够不着天真。

天才的天真和时间的天真一样来自同一个母亲。天真不计方向，这让顺时针的人文期待彻底绝望。

天才是为天真打天下的现役部队，天才经常来不及为人民服务，人民也来不及看懂天才的脚步。

53

哈，男女唠嗑就这点儿不实在——好模样儿的唠扯唠扯就盲目往悲剧方向使上劲儿了，不好，有悖技术规则，遍地窦娥让人无处下脚。

54

不管江湖上多么莺歌燕舞，时光挡不住兄弟们自取灭亡……

这一次你不预先吐出卡号，别怪弟兄们事后不动银两……

诗歌没有中央，好诗活在欣赏，人前旌旗密布，雨过天晴树凉……

55

每一个中国人，倒在地上，拍扁了，都是一张国家诗意元素周期表。

56

80年代上学的兄弟姐妹，露骨暴露了基本上是“两缺”人员——先天缺诗意，后天缺禅意。于是出现了激情乱窜、狼吞虎咽的早春局面。

57

每年秋风扫落叶一样扫走一批你们这些水裆尿裤的毕业生以后，长春上空都像巴黎。

58

网络时代，人生有权死出别样。这不，哪想到，一个瞬间，天南海北兄弟姐妹披头散发即兴吐辞——活着，应该天天节日；死亡，应该放声歌唱。

59

三十年国家变化这么大，居然没有一首诗理直气壮地，以能让人们共同认可的方式去歌颂青藏铁路，这在以前是不可想象的。这么大的事情，没有一位诗人以个体的名义去动笔，而一个小悦悦却有那么多人去为她声援，呐喊，奔走。这表明，诗意跟着当代的良知在走，跟着当代的天意和禅意在走。这样一想就全理解了，全化解了。

60

一部文学史反复告诉孩子：美好是拿来胡闹的，梦想是拿来打垮自己的。

后来十年会反复告诉你：放下名词，唯天是命。

61

汉语诗意的道理千条万绪，归根结底就是一句话："诗意有理。"几千年来总是说皇上有理，太监有理，诗意无理。自从草根燎原遍地，就把这堆垃圾翻过来了，这是个大事情。根据这个趋势，于是就诗意，就坚挺，就活来活去。

62

其实股市击穿三千点，长河落九天，只是局部落实了诗歌发展观。

其实人生自死才有生，留取现世展天灯，照亮儿女风雪路，换个脸谱东方红。

其实身份决定命运，还是兴奋决定命运，这事儿社会学家吃不准，只有诗人能整清。

其实诗歌的流寇状态跟世人灵魂的流浪状态同处于一个阳光失踪的年代。

其实好多诗歌敢死队和劳模看着很有气质，但很辛苦地天天在工地上，还要摇着尾巴紧跟着各种时兴观念。

63

其实真真朦胧谁把我前世的风言风语一把撕开扯碎后抛撒成漫天的雪，漫天的欲语还休。

64

现世最绿色、最鲜活、最草根、最民间的诗歌，局部坚挺，大部反复在半推半就、面目不清之间，沦落世俗奖项的验明正身——心灵再度无力承受名利之重。

65

电影无力正视女人，汉语方向跑偏，一天到晚没有神往地瞎摸石头乱撞墙。

66

诗意就是我们身上最柔软最撕不烂最一言难尽最快乐最感悟最公平最孤僻最羊肉汤最狗尾巴最鬼舞步最怪物最古文物最拐弯最广阔最歌舞片最情外孕最港湾最观望最外婆最澎湖湾的一瞬一瞥一岁一天一年……

67

世界本来没有什么意义，扯淡的人多了，废话就喜欢码出个诗集。

68

科学尾随诗意来到世上，主要是在男女老少的春梦之间盲目提心吊胆。

69

穿过茫茫长发的汉语，教导人生如何谢绝头颅：大恶如花。

70

诗意可以把我们放不下的东西落实到天上去。

71

天才是人类越来越迫切需求的精神毒品，天才濒危于人类等于太阳懒得再照顾地球这个小兄弟。太阳没思想了，地球只有变凉的份儿。

72

新鲜人类的话语欲望浪荡成灾——每一天都相当好玩，每一天的色调都足以活生生地将我们现有的脸谱直接盖棺定论。

守望关注，神交心许，无求而求，不得而得。

73

诗歌伟大，能把日常的人民关系油画、漫画、动漫化，人人羔羊，羔羊人人；在坚定不移的以偏概全里，美好着我不认识我，他堆积木了他。

74

文明，只有见异思迁喜新厌旧的文明，才能顺应人性从一个喜剧走向另一个喜剧的本来主义。

75

诗意手下留情，童年起死回生；诗意胸襟眼角辽阔，席地而卧，也有天地一心的感悟。

76

一个与诗意无缘的人，往往心量狭小，惯于不满之中找不满，现实在摩天大楼里，天天也会感到事事不能称意。

77

神遇诡异——一个人诗意水土流失后的变态自救，越救越没救。

78

愿景触及你我各层次和各要素，追根天真，溯源烂漫，统揽人缘，在最可感可悟层次上寻求个人孤旅的现世化解之脉。

79

阳光照到哪儿都是阳光自发的诗意，人对人再伟大的幸灾乐祸，人都可以看不起。

80

诗意解放了苦难的滑稽感，再见幸福回光返照；诗意的顶层设计——本义是人的往日感、当下感、明天感的灵性统筹。

81

诗意遣天意之心意来到你我之间，为了你拿得起，好放下，为了方便一个人面对永恒的诗意办法：以变应面。

82

每一个人都是佛。每一个佛都有自己的心，每一颗心都有不同的感悟。

每一个人都是独一无二的。记取一切故事为了忘记，感受一切禅机诗意，为了不执着于当下些许，你的经历，感悟，始终也归宿你。

83

诗歌与活动说到底跟人生的性质差不多——永远是一场动机美好结局抱憾的春游。诗歌活动不应该负责矫正诗意路上的人格，可能的话，反倒是应该坚持少了哪一堆垃圾，世界都不够完整的宽容原则。

84

上帝需要我们用一个人的眼睛，这么一个人的经历，一个人的天真之心很简单地看到世界的细处，私处，而不带有任何文化负累。

85

呵呵，狱中终生越狱；梦里不知身是鸟，反复贪生——反复信乱了仰，不断诗乱了意的人，他的幸福指数一半得靠埋汰别人，抱怨生活……

86

任何悲剧都有其演变为诗意喜剧的节点和质变过程，这个过程中有相当的时间和空间可以改变剧情，主角配角缘定时机，大的喜剧随缘盛开。活在今天，记住要把时代的悲哀反复演变成自己的人生喜剧，以一己之轻降解现实之永恒无奈，诗意过瘾才是人。

87

诗意的、乏诗意的、反诗意的人生的最后区别——看你说出了多少解放人性的话，写出了多少真实自由的字，美好了多少明天人的心情。

88

努力为生者生而词不达意，诗意尽死者死出江山共和——戏剧永远水起风生。

89

一个人死一次很容易，难的是一个人一辈子活生生诗诗意意地反复死而不去，去而犹生，这就很诗意，这也很不容易，这就需要大家是生是死互补互助，诗意随缘着你死我活下去。

90

世界上怕就怕诗意二字，而人的本性无往而不遇的根本核心就是要反复诗意。

常言很禅意地说——文学就是自由，自由就是诗意。

91

历史加明天，谁能挡得住谁哦——活出自由，死个自在——这就是诗意人生总要求。

92

立足诗意人生，爱情、诗歌等等现实高山流水很容易变为平地，变为具体的孩子——即像工人、农民兄弟、邻家一只宠物狗一样的亲切，你完成了“世界是平的”这一现实任务。

93

我眼里，一部人类史就是一部诗意史；诗意的左膀是天意，右臂是禅意，诗意是人意的原始首领，也是人意的终极起源。

94

上帝造人，让你领略酸甜苦辣，万般屈辱，诗意塑造灵魂，让你不断放下苦病之心，诗意是人类感觉于美学上的解放军，一直以解放人生、人性的尴尬为己任。

95

按我的理解，诗意应该是你在字面上完成的美感，你在日子里完成的戏剧感；诗意在现实世界上应该致力于世界和你，你和世界一切关系的个人魅力感悟。

96

面朝羔羊人生，诗意提前孤行；面朝汉语猛兽，诗歌无处藏身——地上的问题是我相信天，天上的问题是如何信你。

97

文学严冬说，祸兮福兮生，关键在一个人诗意内心；多少固如金汤的王朝，结果在一句诗面前落花流水。

98

诗意像人生本能的外化办事机构；诗意先天属神，后天神属，人居其中，可能高贵得了不得，可以平常得梦如风。

99

一个人有幸能以诗意之心境来珍惜，品味生活中循环往复的美好和垃圾，既可行，又经济。

100

你可以置于千山万水，互换身份，你可以和你反复从一而终，你可以被导演，你可以大步流星盗用古今中外，兄弟姐妹的所有情爱和喜感，统一来爱你。

101

我们故意失败，是为了提醒上帝看清这个时代：人离说人话还相当遥远。

102

汉语诗歌流浪汉的伟大现状，让我有一种上帝感的淡定和乐观：诗意的英雄好汉惯于用一支烟，一滴酒，坐化永远平等不了的人间。

103

诗歌和小说本是同根生，没有诗感的小说，故事再好，也是技能意义上的语言上刑；没有小说通透感的诗歌，也美好得缺德和片面。

104

今天很多人成功了，教人更想念失败的人；现在很多事光明了，惹人更惦记阴霾的日子。记忆只擅长为美好盛开，美好的人，死亡对他没意义，美好的事，发生过了就行，天愿借你落在地上，处处美好出永恒。

105

今天东北霜寒了一个男人的眼睛，一个孙玉平按住寒霜的本来用意，感念炉火，念叨月光，惦念一叶草的人生由青转身而黄而枯，知冷知热的眼角，只差流出款款哲学的酒滴。

106

汉语之魔鬼与上天之神韵面前，羔羊如何解放牧羊人手里的《圣经》，只有诗意能够完成。

107

开始是离童年越来越远，后来是离人越来越远，以后是离天越来越近，真的是越来越喜欢。

108

乏神性的诗歌写作辛苦在四处转悠，四处招摇，要么在语感技术里设办公室，要么逼人家说他好，连人带文一身臭汗，猴类猴累。

109

生活就是组织，组织就是选择，选择就是命运，命运不计归宿——谁能拽住往日的清风，暗换我们今天的心境？

110

诗意让人生之美反复返青。

后　记

“90后”的我编辑“50后”的你

李文杰

诗人是否逃不过人生的悲欣宿命，是否他们的出场就意味着一定会披着朦胧的面纱，说着让人一脸茫然的话？在这里，我可以告诉您：不是！

有一位年近花甲的“孩子”，他把生活和诗种在了一起，一棵树能够完成他一生心路上的所有动作，包括欢喜、包容、执着，等等。

他把公园里的空旷之地当成一张张白纸，而一棵棵被“移民”来的树就成了一首首诗。青青白纸，款款诗意，种下一棵树后，他点了一支烟，然后坐到石凳子上，轻轻一吐，笑眯眯地看着自己种下的树，这首天意之诗完成了，他相信这棵树会跟他守望相祝的。他在家里养了几只鸟儿，喜欢听它们的叫声，他在它们的身上欢喜不断。于是一只只鸟儿闯进了他的诗句，他借诗记录了它们的成长点滴，甚至还会书写它们的生生死死。

他的诗从未离开过生活，以一颗天真之心写出来的诗句，充满着欢喜、新鲜的感觉。他的诗解放了一个人身上的所有直觉，初读只觉自由气息在鼻尖飞来飞去，再读又觉裹挟在自由里的是一根根锐利的针，他在反抗，他借用东北人最发达的口语文化和现在比较盛行的网络名词完成了一首首快意之诗。他就是郭力家。

这里不想给他附加太多的限定性词语，因为他是一个极其平常的人，只不过借诗意之语说了自己想说的平常话。

“90后”的我和“50后”的郭力家，在诗歌里面相遇，他打开了我对世界、对自己的认知的另类视野，让我明白什么是一个人的诗，什么是一个人的诗意。能得到编辑郭力家诗句集的机会，我在开心的同时又深感责任很重，当我问他有何要求时，他只说了一句：“全都交给你了，按着自己的感觉来，只要截选出完整的一段话，让每一个看到的人有自己的感受就可以。”他就是这样，他一直在解放生命个体的直觉，当然，作为编者之一，我也希望可以解放每位读者的直觉。

阿甘诗兄是这本诗句集初稿的编辑者，他这样写道：

“试图触碰一个天才的核心是一件危险的事情，这是我编辑时越来越深刻的体验，因为他可能根本就没有。

“我见过老练、老辣甚至为老不尊的人，但是把天真演绎得这么自然的，只郭爹一位。当然他的天真极少对人，主要对诗，然后是树。诗和树基本把他的一生的重任都落实完了，他倒成了一个身外之人，身外之人写言外之诗。

“记得答应编辑时的兴奋，冷静后已经变成堂·吉诃德大战风车后的蠢笨，当然还是有些暗自庆幸：

“初时细加揣摩，细腻处幽微灵秀，精致处搜神夺巧，感发时淋漓痛切，委婉时无限烟波；

“一回头，枷锁还成自在，笑骂却是痛哭，高古之风里尽是戏谑之意；

“再回头，童年、梦想、星光、柔软、青春可人；

“三回头，天意动人、神理可亲；

“最终看出字字句句的挑衅：来啊，谁瞅谁怀孕，包括男的！”

读到这里，已忍俊不禁。的确，郭力家的文字也会给人这样的感觉。诗里诗外均有欢喜，还希望各位亲爱的读者也可以有所感受。